JN319402

さかジープで来るとは

せきしろ
又吉直樹

老いた父が固い蓋を開ける

廃校にも咲いていた

八両編成だった

イントロは良かった

ツッパリ棒が外れて落ちる音がした

こつが解ったから早くやりたいと焦っている

こんな時間に家族連れか

こんな大人数なら来なかった

WELCO

豆腐が箸から落ちて見事に砕けた

サイレンが過ぎたら続きを話す

姿勢が良すぎる人とすれ違う

隣に旅人が住んでいて今は居る

薄く張った氷を先に割る道

変だと思っ

スクールバス乗降所

急に番地が飛んだぞ

第九の中ひとり年末

男が読む新聞の裏が猥褻

上の部屋に内見がきたようだ

かつて私は二階建てのアパートの一階に住んでいた。特に一階に住むことを希望したわけではない。不動産屋に収入と職種を伝えるとその部屋しか紹介されなかったのだ。不満があったわけでもなかったので私は即決した。とにかく部屋さえあればどこでも良い状態だった。引っ越し当初は家電や家具は何もなく畳が六枚あるだけだった。私はとりあえず布団を買った。それを部屋の中央に敷いて寝た。朝日が昇ると眩《まぶ》しいのでカーテン代わりに衣類をぶら下げた。布団はその日からほぼそこが定位置となり、「住めば都」という言葉を実感することなく私は暮らし始めた。それでも古い１Ｋの部屋が自分の陣地になった気がした。

越してきてまもないある日、私は部屋の鍵を失《な》くした。帰宅してポケットに鍵がないことを知り茫然《ぼうぜん》としたが、裏側に回るとたまたま窓の鍵が開いていた。私はそこから中へと入って事なきを得た。その日を境に、私は窓から出入りするようになった。鍵を失くしてしまったと不動産屋に申告するのも面倒だったし、窓の鍵は開いているものの玄関は鍵とチェーンで施錠されていることに妙な安心感を覚えていた。結局窓からの出入りはその部屋を引き払うまでの三年間ずっと続くことになった。

越してきて半年後、真上の住人が引っ越していった。真上の住人は静かな住人だった。時折生活音は聞こえてきたがそれはまったく不快なレベルではなく、居るのか居ないのか判別がつかない時さえあった。それでもいざいなくなってしまえば静かさはより明白となり寂しささえ感じた。と同時に、天井で仕切られていた自分の空間が上へと開け放たれたようにも感じた。六畳の居間と二畳の台所と風呂とトイレ、鍵を失くしてからというもの一回も使っていない狭い玄関、それらをすべて合わせた平面を底面とし、そこから上空へと伸びていく直方体のすべてが自分の空間になった気がしたのだ。気が大きくなった私は折り畳んだ布団を枕にして寝転び、どうせ上の部屋には誰も居ないのだから天井なんてなくなっても良いのではないかと、天井を見つめ仕事もせずに考えた。天井の照明器具からは長い紐《ひも》が伸びていた。

越してきて一年が経《た》った。その日も私は相変わらず折り畳んだ布団を枕にして寝転んでいた。寝転びながら天井の板張りであみだくじをする遊びに興じていた。

寝転がっているといつしか昼寝に突入してしまうことが多々ある。私はできるだけそれを回避しなければならないと思っている。なぜなら、昼寝から目覚めると夕方になっているからだ。

目覚めると同時に学校が終わった子供達が遊ぶ声が聞こえてくる。夕刻を知らせる鐘の音も聞こえてくる。聴覚が夕刻に対してやけに敏感になった私は、オレンジ色に染まる部屋の中でただただもの悲しくなる。酷《ひど》い時には自分が寝ている場所さえもわからなくなり、実家で寝ていると錯覚してしまうことすらある。まどろみの中、聞こえないはずの音が聞こえてくる。母親が夕食を作る音や、弟が二階に上がって来る音がする。しかし混濁した意識が徐々に戻り、天井が実家のそれとは違うあみだくじ模様であることを認識した時、すべては錯覚であったと私は知る。波が引くように現実に引き戻され、時間が一気に流れていく。母親が作る夕食を待っていた年齢から一瞬で年をとる感覚が全身を襲う。「時間」が寝ている身体《からだ》を通り過ぎていく。そう、今の私は独りだ。独りで1Kの部屋に暮らしている。実家で暮らしていたのはもう何年も前のことなのになぜこんな状態になるのだろう。もの悲しさは倍増する。悲惨だ。これだから私は昼寝が怖い。

寝るか寝ないか。天井のあみだくじで決めようか決めまいか。昼下がりの狭い部屋で自分次第のせめぎ合いが続いていたその時、上の部屋から足音が聞こえてきた。久しぶりに聞こえる頭上の音。私は耳を澄ました。足音は一人ではなく複数だった。なにやら話し声も聞こえてくる。窓やいたるところのドアを開閉している気配もする。どうやら誰かが部屋の内見に来たらしい。どこまでも上へと続くと思われた自分のテリトリーがきっちりと天井で区切られた気分になった。半年ぶりだ。なんだか眠気が消え失《う》せた。

汗をかいていた。部屋の中が少し蒸していた。扇風機もクーラーもなかった。私は起き上がり窓を開けた。外気が私を冷やした。目の前には名前を知らない草が刈られることなく生い茂っていた。草は日の光を求めるように上へ上へと伸びていた。

私は考えた。ここが二階だったら景色は違うのだろうと。私は二階からの景色が気になった。このまま放っておくと私の目線くらいまで伸びそうな草も、さすがに二階までは伸びないだろう。近隣のアパートの壁に塞《ふさ》がれた閉塞感いっぱいのこの部屋とは違い、空の色くらいは確認できるはずだ。同じ建物なのに見える景色には雲泥の差がある。私は二階が羨《うらや》ましくなった。羨ましくなった時はいつも火事のことを考えた。

火事になった時、ここ一階ならばすぐに逃げられる。窓からだって逃げられる。二階だとそう簡単にはいかない。飛び降りる覚悟が必要となる。なんとか飛んでも怪我の可能性は大だ。絶対に一階が有利なのだと自分に言い聞かせた。

やがて名前を知らない草は枯れ、窓を開けると肌寒くなった。季節は移ろい冬になった。二階の窓が開く音がして、会話が聞こえた。

「雪になってるよ」

「本当だ」

他人の会話に反応し、慌てて外を見ると雪が降っていた。二階の方が空に近い分だけ早く雪に気づくことができる。また羨ましくなった。

耳を澄ませて後悔する

我が耳を疑ってしまうことが多々ある。

数年前の夏、僕は蒸し暑い新宿駅を歩いていた。僕の前を歩きながら笑顔で会話する二人の中年男性が夏の風景をより一層暑苦しくしていた。しばらく歩くと二人の男性は別々の方へ歩いて行ったのだが、別れ際に「じゃあ、また四月！」と言った。

我が耳を疑った。夏の最中である。次に会う時は冬を越えた春。そういうことも有り得るだろう。しかし、それにしては淡泊過ぎる。もう少し名残惜しそうにするとか解りやすい工夫が欲しかった。二人の雰囲気と言葉が全然嚙《か》み合わず違和感を覚えた僕はバランス感覚を失ったまま歩かなければならなかった。

小学生の時、ホームルームで合唱コンクールの指揮者を決めていた。立候補者がいなかったので、皆で誰かを推薦することになった。誰かが、「又吉君が良いと思います」と言うと、先生が間髪を容れず、「又吉君以外で」と言った。

我が耳を疑った。恐ろしくて理由は聞けなかった。

同じく小学生の時、サッカーのコーチが「自分でサッカー上手いと思うか」と全員に聞いた。僕より上手い皆は「自分は上手いと思わない」と答えた。僕は皆より下手だった。だから下手な僕が謙遜したらもう終わりだと思い、「下手だとは思わない」と答えた。すると、コーチが「今自分の事を『上手いと思わない』と言った奴は伸びる」と言った。

我が耳を疑った。コーチよ、あまりにも残酷過ぎやしないか。

中学時代クラスに不思議な女の子がいた。綺麗な顔をしているが大人しく授業中は寝ていることも多かった。夏休み前のホームルームで担任が、「では次の時間は、それぞれの地域に分かれて」と言うべき所を間違えて、「それぞれの地方に分かれて」と言ってしまった。その瞬間、その女の子が「どこまで行くねん」と呟《つぶや》いた。

我が耳を疑った。その表現は中学生らしからぬ的確さを持っていた。「どこまで行くねん」という言葉を聞いた瞬間、それぞれ飛行機や汽車や車や自転車に乗って地方へ移動して行くクラスメートの姿が頭に思い浮かんだ。

高校時代初めてお付き合いした彼女に、「アンタがあと五センチ身長高かったらほんまに好きになったかも」と言われた。

我が耳を疑った。最早、僕と我が耳の関係は完全に崩壊してしまった。

近所の子供がアパートから出て来た僕を見て「死神だ」と言っていたが恐らく幻聴だろう。我が耳は嘘ばかりつくのだ。

或る夜、独りで歩いていると、路傍に何やら赤い物体が落ちていた。何だろう？よく見るとそれは耳だった。あっ、耳か、うん耳だな、と思った。耳を手に取るとまだ温かかった。僕は自分の衝動を抑えることができず、思い切って耳を口に含んだ。口内で鉄の味が広がった。耳は僕の腹の中で脈を打ち始めると囁《ささや》くように小さな音を出した。小さな音は徐々に大きくなり、やがて明瞭な言葉として僕の脳髄に響いた。耳と一体化した僕には、これらの言葉が今までにこの耳が聞いてきた言葉だと自然と解った。


「どうやら俺の先祖、平家らしいねん」

「『23』って数字見たら未《いま》だにマイケル・ジョーダン思い出してまうわ」

「俺もうバドワイザーの缶集めるのやめる」

「俺そんなに陶芸やってそうかなぁ？」

「ロデオボーイ全然押し入れに入らへん」

「うわっ！　『タンクトップ』逆から読んだら『プットクンタ』や！」

「生きてるカツオブシはお好み焼き。では死んでるカツオブシは？」

「三十までに飯食えてなかったら、俺もっと頑張ろ」

「最強の『つめ切り』見つけた」

「夜中に時計見たら二日連続二時十七分」

「夢の中こそ真実だと思ったことありませんか？」

「このポケット全然ほこりたまらへん」

何の意味も持たない荒唐無稽《こうとうむけい》な言葉の連なりが何故《なぜ》か妙に心地好く懐かしく感じられた。

そうか、この耳は僕からの信用を失って旅に出ていた耳だ。そもそも僕という人間のせいで、この耳は他の耳よりも無意味な言葉や罵詈雑言《ばりぞうごん》を浴びせられてきたのだ。全て悪いのは自分ではないか。

謝罪の意を込めて、「おかえり、これからもよろしく」と僕は言った。

腹の中の耳から「又吉君以外で」と聞こえてきた。

我が耳を疑った。

シャツの予備ボタンはもう捨てていいのか

同じ手すりを握ってきた老人

知らない町のバスが難しい

さっきのオーダー今から作り始めるようだ

鹿が傷を癒したという由来
サラダは取り分けてくれたが
日記を劇的にしたがる癖がある
独創的だが読みにくい御品書き

腑に落ちずレシートをみる女

鳥の死骸種類は知らない

ハワイのTシャツを着た老人が震えている

何の骨だと思う

数が無いから空腹を隠す
落し穴の結果が悪戯の範疇を越えた
切りの良い所で止めなかった報い
吊革を持たず微動だにもしない

旅先のホテルで関西の番組やってた

でもソフトクリームの種類は豊富だ

クーポン券を探す女の後ろでレジ待つ

墓地を一望できる部屋にて

道を教えてくれそうな人が通らない

間を溜めて言う程のことか

促しても変な踊りを止めない

起きているのに寝息

うまく剝けないゆで玉子は黄身を楽しむ

シールだらけのタンスが捨てられている

おやつってかぼちゃかと祖母には言えず

穴子のでかさが売りらしい

雑な起こされ方で一日を棒に振る

黙る場所と馬鹿でも気付く雰囲気

贔屓目に見ても圧倒的に負けている

つぶ貝嚙むと生々しい味だ

駐車場の隙間を埋めるようにタンポポ

転んでも泣かなかった子供と目が合う

パトカー見て運転席の父親姿勢が良くなる

共通点は同じ絵本を持ってたこと

すから中に
入らないで下

お花を
ったけ
取らないでね

最後の手段を一つ前の人にやられた

両手を使って数えている

壁にポスターが貼ってあった痕跡

かぶれても付けているネックレス

乾いたイカの寿司だけ流れている

大量の小学生が同じ車両に乗ってきた

一本の木から鳥の声が凄い

大盛りにしたうどんに飽きる

これは別れの曲になるかもしれない
除いた一部の地域に祖母がいる
何かの記念日だと気づいたが遅い
くす玉の残骸を片付ける人を見た

ボウリング場ハイタッチが近づいてきた

素麺をあるだけ茹でてしまった

スイカに対する感動が年々薄くなる

ミントの葉の味だけが残った

空想の中でも妥協する
猫を呼ぶ人の側で困る
居候が鍵の隠し場所を勝手に変えた
薄い手相だ

飛んできたシャボン玉の出所を探す

踵で土俵を書いている

あればあるだけ食べてしまう

お土産をひとつ自分のものにする

白山神社
世界人類が平和でありますように

釘

教員用便所がここまで清潔だとは
ガイドブックまで買ってたのに
十年前も老人
自分の分は無いだろう土産に怯える

枕の代わりを探す

排水口へ流れる数粒の米

赤子が日光に顔をしかめた

バイトの時間まで雨音を聞く薄暗い部屋

敗訴の文字が勝ったみたいに
詐欺だと数年後に思った
感傷に浸りにくい商店街の放送に救われる
新しい鞄を見て旅への意気込みにひく

耳元を蚊が通った

キリギリスが死んでクワガタが逃げた日

風呂上がり上半身裸で火垂るの墓を見ている

エアコン死んだ人の夢夕立エアコン

昨晩殺し損ねた蚊に鼻の頭を刺された

流れるプールと兄弟が戦っている

あの不良去年までは地域のゴミ拾いにも参加してた

麦茶が薄いと馬鹿にされる

飼育ケースだけはまだ物置にある

子供の頃、私はカブトムシを見たことがなかった。

当時、私は北海道に住んでいて、「北海道にカブトムシはいない」は通説であり道外の昆虫であるとされていた。ゆえに、私にとってのカブトムシは図鑑の中にいる昆虫であった。それでも何かの間違いや異変が起こって、近所にカブトムシがいるかもしれないと、一縷《いちる》の望みを胸にカブトムシを捕りに出かけたものだった。夜の街灯の下、朝露に濡れた林の中、白昼木漏れ日の中の朽ちた樹木の皮を剝《は》ぎながら、私はカブトムシを探し歩いた。図鑑に書いてある通りに木に樹液を塗っておくトラップを仕掛けたこともあった。クワガタは大量に捕れた。カブトムシは皆無だった。奇跡は起こらなかった。

結局カブトムシへの憧れは図鑑で満たすしかなかった。図鑑の中のカブトムシは、自身の角《つの》と糸で結ばれた積み木を引っ張り、頭角を使ってクワガタを投げ飛ばし、いつも力強さを見せてくれた。子供ながらに一番強いだろうと思っていたミヤマクワガタも敵《かな》わないようだった。

そんなある日のこと。母親が買い物に行くというので私はついていった。隙《すき》あらば自分の好きなお菓子を買いものカゴに入れて買ってもらう作戦を実行するためだ。この作戦、カゴに入れたことを母親に気づかれてはならない。母親は気づかずにレジへと行き商品がレジを通った時に初めて知る、というのがベストである。返品を言い出し難い状況に追い込み、「まあ、いいか」と買わせてしまうのだ。そのためには、商品点数を少なく控え目にするのが大切だ。欲張らずに一個、多くて二個。あまりたくさん入れるとさすがに「まあ、いいか」とはならない、などと考えたところで、気づかれぬようにカゴに入れるのがまず至難の業であり、一個でも駄目なものは駄目であり、母親というものは返品を平気で主張できるメンタリティーを持った生き物だった。隙あらばの作戦はほとんど上手くいったことはなかった。それでも私は懲りずに買い物についていった。

季節は夏。北海道といえども夏は夏だ。蟬《せみ》は鳴き、軒下には風鈴が吊るされていた。町で一番大きなスーパーに到着すると、入り口付近の一角に緑色のプラスチックの虫カゴや白い捕虫網などが所狭しと並べられていた。それは、昆虫採集の道具を前面に押し出した「特設コーナー」であった。夏休みということもあり、子供の興味をひくレイアウトが施されていた。私もご多分に漏れずそこへと吸い寄せられていった。

コーナーを見渡すと、見慣れた昆虫採集道具に混ざって見慣れないものが陳列してあることに気づいた。瓶《びん》だ。瓶が並んでいる。家にあるインスタントコーヒーの瓶よりも数倍大きく、より単純な形をした瓶。中には土らしきものが八分目くらいまで詰められていた。興味を抱いて近寄ると、瓶に貼られたラベルには思わぬ商品名が明記されていた。

『カブトムシの幼虫』

カブトムシの文字に私は興奮した。文字であれほど興奮したのは、この時とこの数年後に高校の合格発表で受験番号を見つけた時くらいだろうか。

カブトムシの幼虫ということは、育てればそれは成虫になる。つまり思い焦がれていたカブトムシになるということだ。そんな至極当たり前のことを考え、更に興奮し、私は母親に買ってくれるよう強請《ねだ》った。するとすぐに買ってくれた。昆虫の成長を観察することが教育に役立つと思ったのか、はたまた自分も昆虫が好きだったのか。今となっては定かではない。母親は拍子抜けするほどすんなりと買ってくれた。私はお菓子を買ってもらう作戦など忘れ、幼虫の入った瓶を抱えながら、母親が買い物を終えるのを外で待った。

その日から私の生活は一変した。何かの合間に瓶を見るという行動が加わったためだ。私は暇があれば瓶を眺めていた。ガラス越しに土の隙間から薄《うっす》らと蛹《さなぎ》らしきものが見えた時には居ても立ってもいられなくなった。幼虫はやがて成虫になり土の中から現れた。壁にボールを当て野球の練習をしていた私は、母親から知らせを受けて、

喜び勇んで瓶の元へと駆けつけた。

目の前の光景に私は二度驚いた。

一つは二匹いたことだった。勝手に一匹入りだと思っていたので嬉しいサプライズだった。

もう一つの驚きは、カブトムシが二匹とも「メス」だったことだ。

子供にとってカブトムシといえば断然オスだ。メスにはメスの良さがあるのだろうが、それを理解するには幼過ぎた。カブトムシの代名詞ともいえる角。長い頭角と短い胸角。メスにはその角がない。

もう一度見る。目の前にカブトムシのメスが二匹いる。それは揺るぎない事実だ。

こんなのは嫌だと泣くほど私は幼くはなく、泣いたところでメスはメスのままである。私は子供ながらになんとしてでもこの現実を受け入れようと考え、図鑑の知識を今一度復習してみることにした。

　カブトムシの力強さ。それはオス同様にメスにもある。ほぼ同じだ。ほぼ同じということはだいたい一緒だということだ。「ほぼ同じ、ほぼ同じ」と、私は呪文のように繰り返した。また見る。目の前にカブトムシのメスが二匹いる。パワフルでオスとほぼ同じだが角が違う。

　角だ。やはり角が問題なのである。オスには角がある。細長いながらも力強さとともに繊細さをも醸し出しており、絶妙なバランスが美しくもある。ただ力強いだけではないのだ。一方、メスの強さは一言で言って「頑丈さ」が際立ち過ぎている。造形よりも機能性、機動力に特化している。子供には渋過ぎて愛着がまったくわかない。子供が重視するのはまずはデザインである。つまりメスはカッコ悪いのだ。これに尽きる。メスのフォルムはカナブンと変わらない。ただの大きなカナブンだ。

　何度見ても目の前にいるのは二匹のメスのカブトムシ。

　私は心底落胆した。

　北海道の夏は短い。それを更に短くしてくれた出来事だった。

　実家にはあの頃の飼育ケースだけがいまだにある。

信じられないくらい踏まれている

テーブルがある。

僕は誰かと向かい合い椅子に座っている。

テーブルに隠れている自分の足の爪先が何かに当たった感触があり、ハッとする。

向かいの席に座る誰かの足に触れてしまったんじゃないか？　足を蹴ってしまったんじゃないか？

そのように思い、「あっ、すみません」と即座に謝る。

しかし、焦りながら足元を見ると僕の爪先が触れたのはテーブルの脚であり、向かいに座る人の足ではなかった。狼狽《ろうばい》してしまった僕は思わず、「あっ、違うわ」などと突然ざっくばらんな独り言を口走ってしまう。

向かいの席の人は僕が謝ったことにすら気付いていない。

僕は独りで勘違いしてテーブルの脚に謝罪した挙げ句、自分の間違いに気付き、勝手に羞恥《しゅうち》に悶《もだ》えている。

「あっ、すみません。あっ、違《はんすう》うわ」

その発言と行動を頭の中で反芻し、更に勢いを増した羞恥に激しく苦しめられる。

しばらく経った後に向かいの席の人から、「そう言えば、さっき何か謝ってたよね？」などと言われたら一巻の終わりである。テーブルの下は凄《すさ》まじく恐ろしいのだ。

しかしその反対に、テーブルの下で向かいの席の人に足を踏まれることもある。

そういう場合、僕は相手に謝罪されたり、場の会話が自分のために中断されるのが嫌なので足を一切動かさずテーブルの脚のふりをする。そして相手が体勢を変え、僕の足から相手の足が離れた瞬間を狙い、自分の足を一気にひくのである。

その時、もちろん僕の顔は眉一つ動いていない。

だが、僕が足をテーブルの一部に擬態しているためか相手が足置き場として気に入ってしまうと、ずっと僕の足を踏んでいるようなこともある。

そうなってからでは益々足を動かすことは困難になる。

痺《しび》れを切らして僕が突然足を動かそうものなら、相手は、「えっ!? なんで今まで足を踏まれていたのに普通の顔で話を聞いていたの？ 気持ち悪い。悪魔の子供なんじゃないの？」となってしまうからだ。だから絶対に足を動かすことはできない。

すると相手が僕の足を踏んだまま、「足が痺れて足を動かせない」と言う。当然僕も絶対に足を動かせない。

やがて相手の足の痺れが鎮静化し、ようやく帰れるかと思ったら、今度は相手が「何か思い付きそうだ」と言い出し、深く目を閉じて何かを考え始める。もちろん僕は、相手が何かを思い付くまで待ち続けなくてはならない。

長時間が経過する。限界を超えて僕は相手に「何を考えているのですか?」と聞いてみる。

相手は「タイムマシーンだ」と答える。これは何十年とかかるぞと僕は覚悟を決める。踏まれたままの足。

相手は、「申し訳ないから先に帰っても良いよ」と言うのだが、自分の足を置いていくわけにもいかないし、足を動かせば相手に長時間にわたりテーブルの脚のふりをしていたことがばれてしまう。「嘘つき!」と叱責を受けるかもしれない。やはり動くわけにはいかない。

それから何十年も僕は向かいに座る人の発明を待ち続ける。自分の足は色までテーブルと同じになり、テーブルの一部と化している。

彼がタイムマシーン発明という壮大なプログラムを頭の中で完成させるのを待つ間、僕は「皮膚を傷つけずに綺麗に耳アカを取る耳掻《か》き」を発案し、その発想を応用して「都市を破壊せずに害虫や害鳥を駆除する害掻き」を発案した。

しかし、まだ相手はタイムマシーンの構造で手間取っているようで、依然僕の足を踏んだままだ。

最早僕の足は完全にテーブルの脚となり、これまでにないほどテーブルを安定させている。

更に何十年も過ぎた。向かいに座る人は相変わらず思案中だ。

僕は、「都市を破壊せずに害虫や害鳥を駆除する害掻き」を転化させて、「歴史を破綻させずに過去へ遡《さかのぼ》る時間と未来に進む時間を一旦除外する時掻き」を発案した。

これで人類は未来にも過去にも行ける。

しかし、向かいに座る人のタイムマシーンはまだ完成せず僕の足は踏まれたままだ。

何百年ほど過ぎただろうか、向かいに座る人が遂《つい》に両目を見開いた。タイムマシーンのプログラムが完成したようだ。

やっと家に帰れる。

しかし、相手は、タイムマシーンのプログラムが閃《ひらめ》いたと同時に、「タイムマシーンは悪用されて人類に災いをもたらしてしまう」と別のことにも気付いてしまった。

だが、その心配は要らなかった。

僕が、「時掻き」のメカニズムを応用して作った、「人間の心を破壊せずに悪意や悪巧《わるだく》みを駆除する魔掻き」を発明していたからである。

しかし、そのことを知らない向かいの席の人は、人間の浅ましい心に絶望し即身仏となった。

僕の足は踏まれたままで、僕は相変わらず動けずにいる。いつの間にか、テーブルと僕の足と床が同化して部屋全体が僕の足のようになっている。

僕を踏んでいたのは僕だったとようやく気付いた。

朝露で濡れた盆踊り会場

水よりクラゲの方が多い

ベランダの暑さが東京

ここからは花火が見えない

夏祭りに行くか迷っているふり
知らぬものに喩えられて解ったふりをする
学生服が先に譲った
必死で狂おうとしている

蟬の死骸は次の日に消えているもの

楽しそうに黙とうの真似をする子供

人が住んでるのを知った

どでかいサンバイザーが向こうからやって来る

炭酸に裏切られた喉でいる

万国旗が色褪せて謎の国家誕生

カゴの中身でカレーとばれないか

孫にグーしか出さない祖母が又勝ってグリコ

蟬の抜け殻は陽だまりに入れず

これって郷ひろみの歌の原曲じゃないか

花火で字を書いた

カバーはいらないと言ったのにしてる店員の手

メガネ

たばこ
MILD SEVEN
たばこ
たばこ

日傘長手袋の婦人会釈すな

太陽を裸眼で直接見れた

縮んだ絨毯の端から畳の色

ブックカバーが大き過ぎるからだ

葬式の花輪が風を遮る

上京した時からこの看板はある

空いてる方の手で抱き締めている

借りた鉛筆が薄い

隣人の聴く曲に少しのってしまった
まるでなってない大外刈りだ
奮って参加したわけではない
変な眉毛の癖に怒っている

相撲を取る以外の遊びもあるだろう

やけに思い出話が多かったそういえば

救急車に乗りたいと子供が泣く

ああそうかピザを切るやつか

筆箱を整理しなければと前も思った

寸分の狂い無く思い出せる横顔

風呂で面白くない髪型を試す

奇をてらい過ぎて死んだ

一回着てチャックが壊れる

角から犬犬婆さんの順

靴底のことなど年に一度考えるかだ

馴染みのないスーパーめんつゆはどこだ

チャックが噛んだ日以来に会う
「で」という顔で待たれている
今では名字も知らない
捨てないが着ることも無い

醜い犬がスーパーの前で待っている

切り落とされた枝が散らばっている

ベッドの下にあったのか

昔教えてくれた遊びをしたいが面会が終わる

カキフライ
600

4/1(木)
本日お休みさせて
頂きます
清

泣き顔を汚い犬に見られている
古い手紙が時限爆弾のように
そのチョキはなんだ
浣腸をして怒られている

祖母のしりとりは遅く待てなかった

シワだらけの手が作った影絵が薄い

振り回した虫網に脚だけ

加湿器かと思ってた音

くしゃみが出そうな顔のまま挨拶

二人分作って余る

口笛のまま笑っている

豆腐屋が意外と若い

影が壁で折れる

犬が顔だけ出している

十七時になったら用意する

墓に大男がいた

水面に投げた小石が跳ねずに沈んだ

右大臣だけ見つかった

録画を失敗した母に謝られている

平凡な奇抜がいる

葬式会場前を通るのが近道

死んだ魚が浮いている魚がいた事実

痩せた子猫に逃げられる

粉々のワンカップが邪魔になっている

急行が徐行している

病んでいるのかと馬鹿が聞いてくる

初めて発音するデザートを頼む

明日が嫌だから眠らない

本当に梨の味がした

運動会が行われている気配がする

作りかけの砂のトンネルが台風に耐えていた

ハロウィンをなぜ楽しまないんだみたいな顔

梨狩りの夢から突然金縛り

申し訳程度に触れる御輿

よく焼けと教わった椎茸をもう薦められている

早番で上がる美男子の私服がださい

夜道突如現れた過剰に赤い花
消火器がさほど赤くない
外では子供が自作の歌を
このバイクまさかあの人のバイクなのか

何かを成し遂げた顔で始発を待っている

鏡の中の自分より俊敏に動く

カレーにしか使えない皿を貰った

石蹴って帰っているが大人だった

身体は動かさず手だけ伸ばす

社長が悲しむ
のでゴミは
正しくだして下さい

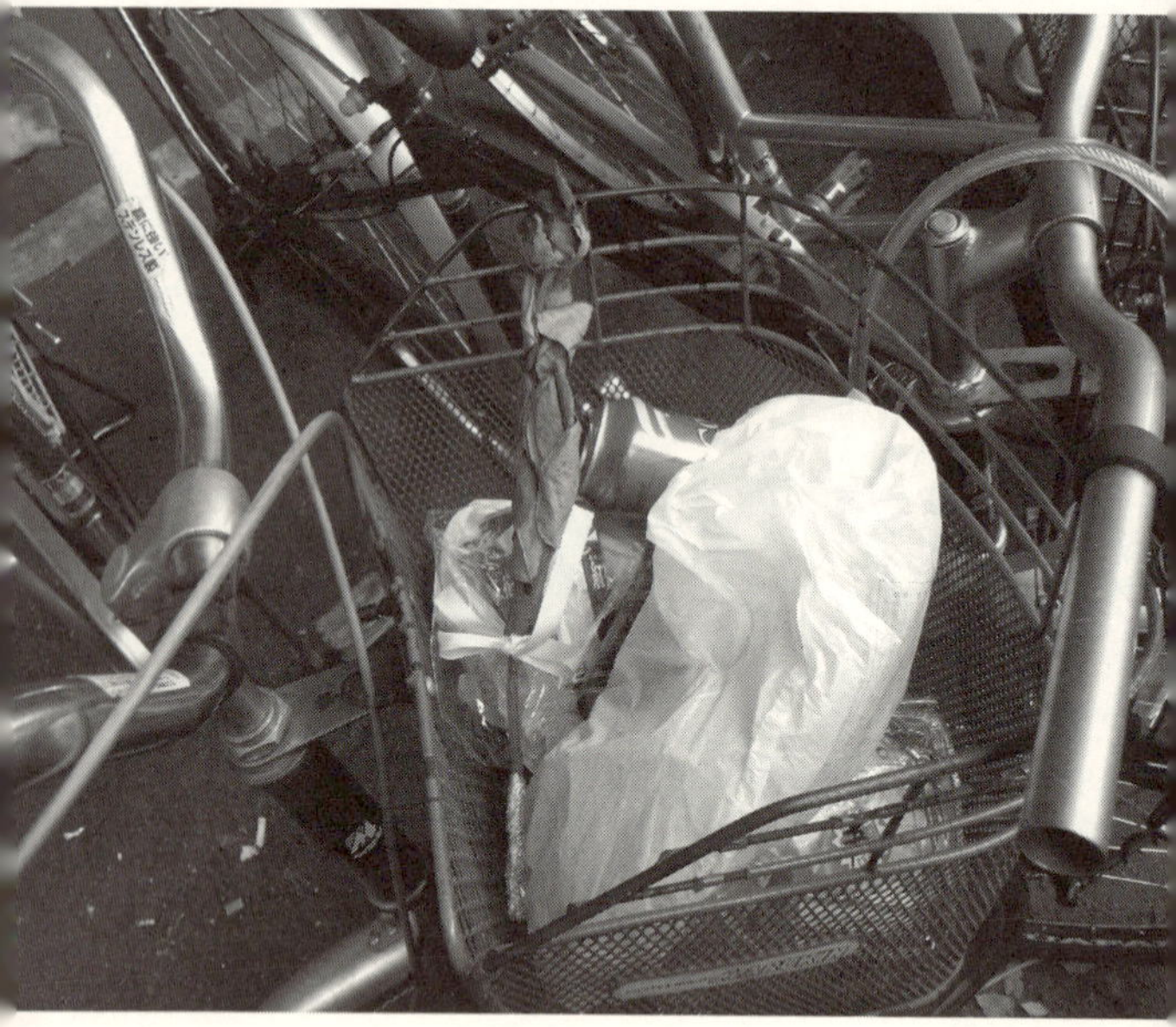

ベランダに速そうな自転車がある

父親が食べる部分

味がある顔という褒め方

紫陽花どころじゃない腹痛

貰ったのに枯らしてしまった

魚はこっちを見ていない

他の場所で会うと小さい大家

食べたくない飴ばかりだ

犬

富士山が見えたら起こせと言う

楽しんでますかとステージから何度も

思っていたより小振りな仏像に合掌

いたぞ力士が

でかい奴は後ろで綱を体に巻け

小さな墓から目を逸らす

その皮だと相当大きな餃子になる

非常
ボタン

2
F

なんでも溶かしてしまう液体だったらどうする

海沿いの温泉宿に来た。

窓の外には海が広がり、海面は朝日に照らされ輝いていた。一泊二日の小旅行だったが、午前中寝て夕方起きる昼夜逆転した生活リズムのまま来てしまったため、結局一睡もしないまま夜が明けてしまった。今から寝ても中途半端で、それならこのまま寝ずに朝食を食べてチェックアウトし、帰路の電車で寝ようと考えた。そうと決まれば朝の散歩でもしよう。宿の玄関を出ると木々と土が作り出す朝の香りに包まれた。それは子供の頃に行ったキャンプを彷彿《ほうふつ》させる香りだった。足元の草花は朝露で濡れていた。サンダルの足が少し湿ったが、気にはならなかった。

宿の敷地から海岸に沿って延びている道路に出ると、今度は潮の香りが漂ってきた。早朝だからなのか車の往来がほとんどない道路をガードレールに沿って歩き、海岸へと続く僅《わず》か数段の階段を下りると足元は砂浜になった。

夜に打ち上げられたのか、流木がいくつもあった。流木は横一列に並んでいて、波で湿っている砂と乾いている砂の境目を示しながら遠くまでラインを作っていた。流木と流木の隙間を埋めるようにカセットテープの磁気テープのような海藻が絡みついていた。私は流木が作った境界線を跨《また》ぎ、波打ち際へと近づいた。波がサンダルを濡らすか濡らさないかのぎりぎりの位置に立ち、海を眺めた。光を反射している朝の海には、船も人も見当たらなかった。海岸に並行して視線を遠くへと伸ばしていくと、釣り人が見えた。体操をしている老人も見えた。視線をまた近くへと戻す。私の近くには誰もいなかった。さして興味のない鳥が水面を滑るように飛んでいた。

私はしゃがみ込むと砂浜に何か字を書いてみようと思った。即座に頭に浮かび上がったのは「あ」という文字だった。砂を指でなぞり「あ」と書いた。すぐに波がやって来て、海水が文字を覆い隠した。波が去ると泡が残り文字は消えていた。例えば恋人と一緒に来ていたならばここで相合傘や「好き」の文字を書くのだろう。私は一人で来ているのでそのような文字は書かない。次に書いた文字は「い」だった。「あ」ときたら「い」。五十音に沿った単純な思い付きだ。「い」もすぐに波に消された。

次に私は「死」と書いてみた。深い意味はなかった。清々《すがすが》しい朝の海岸からかけ離れた言葉を書きたくなっただけだった。しかし実際に文字にした途端、様々な意味を持ち始めたような気がして恥ずかしくなった。すぐに消えて欲しかった。「早く消えろ、早く消えろ」と心で唱えたものの、「あ」や「い」の時のような波はやって来なかった。「死」まで到達せずに引き返していく波ばかりだった。

私は周りを見渡し誰も見ていないことを確認すると、再度「死」を見やった。「あ」や「い」を消したような波がようやくやって来て覆い隠していた。ほっとしたのも束の間、波が去ったあとも文字の跡が薄らと残っていた。「死」が確認できる状態だった。文字の溝が深かったのだろうか。「あ」や「い」では気にならなかった感覚だ。もう一度同じような波が来て、さらに「死」を消した。それでもまだ文字が残っているような気がした。「死」の輪郭がある気がした。

このまま消えずにいたら恥ずかしい。私は立ちあがって、靴の裏で砂を深く抉《えぐ》るようにして文字を消した。朝のまっさらな波打ち際が、そこだけ色濃くなって、ひときわ目立っていた。なんだか自分の必死さが伝わってくるようで、いたたまれなくなり私はその場を離れた。

私は波打ち際を歩き始めた。体操している老人に幾分近づいた地点で、足元に巻貝の貝殻が落ちていることに気がつき、立ち止まった。ここまで歩いてくる間、貝殻はいくつもあったが、どれもありふれた二枚貝が多く、時折巻貝も目にしたが割れていたり欠けていたりしたものばかりだった。今ここに落ちているのはほぼ原形のままの綺麗な巻貝だ。私は手を伸ばし拾いあげた。

子供の頃、貝殻を耳にあてると波の音がすると何かで読んだり誰かに聞いたりしてきたもので、実際にあててみると確かに波の音が聴こえ、驚いたものだった。ずっと海にあったために波の音が中に閉じ込められたのだと、非科学的ではあるが子供らし

いことを考えたりした。しかし月日は経ち、私は成長し、大人になった。いつしか貝殻を耳にあてることもなくなった。私はふと何十年かぶりに貝殻の音を聴いてみたくなった。今聴いてみても波の音は聴こえるのだろうか。それとも「なんだ、手で耳を塞いだ時に聞こえる血流の音と同じじゃないか」と現実的なことを思うのだろうか。私はそれを確かめようと、手にした巻貝をそっと耳にあててみた。手の中の巻貝を耳元で縦にした途端、貝殻の中に入っていた水が流れ出した。水は耳から首に伝って垂れ落ち私の皮膚を濡らした。突然の水滴に驚いた私は貝殻を放り投げ、着ていたTシャツの袖で拭《ぬぐ》った。拭っても拭っても濡れた感触はいつまでも残った。気持ちの良いも

のではなく、もしかしたら貝殻の中にたまり続けてきた海水というのは他の海水とは違うのではと考えた。濃厚で、生臭くて、成分が変化したまったくの別物ではないだろうか、と。

そうやって一度気になると「身体に悪い水かもしれない」と考えるようになり、私は念入りに拭いた。「なんでも溶かす液体かもしれない」とさえ考えてしまい、私は何度も拭いながら、そこから逃げるように歩いてきた砂浜を引き返した。

途中、「死」を必死に消した場所を通った。「死」の砂浜はまだそこだけ相変わらず色が濃く、躍起になって消した名残があった。私は見ないように努めて、足早に通り過ぎた。

帰りの電車でも濡れた感触を何度か思い出し、私は結局熟睡できなかった。

味噌汁の椀がツーと動くのを父と見た

父は息子の僕から見ても少し変わっている。

父は十九歳の時に故郷の沖縄を出て競輪選手になるため大阪の地に降り立った。しかし、残念ながら父の夢は叶《かな》わなかった。ライバルに負けたからか？　怪我のためか？　金銭的な問題だろうか？　そんなありふれた理由ではない。父は競輪選手の採用試験に向かう途中で迷子になり試験会場に辿《たど》り着けなかったのだ。

その後、父は大阪のアパートに定住し怠惰な生活を過ごす日々の中で同じアパートの隣人だった母と出会った。「余ったから……」と父がスイカを半分持って行ったことが交際の切っ掛けだったらしい。後年、父と母がこの時のスイカが半分だったか、四分の一だったかで言い争う姿を目撃したことがある。今回は「半分だった」と主張する母親説を採用したが、どちらでも良いというのが正直な意見だ。もっと言うと、別にスイカじゃなくてメロンや桃でも良いし、ビーフジャーキー韓国のりキュウリ写経あたりめチューリップの球根コンバース甘栗さやいんげん旅のしおり茶碗ロボット草履ぞうきん千羽鶴そうめん後染めジーンズ仏像シチュー枚方《ひらかた》市カルピス二口ソケットなどのお裾分けでも別に良かった。とにかく何でも良かったのだ。

やがて二人の姉と僕が生まれた。

僕が幼い頃の父は酒と煙草とギャンブルが大好きで、「相撲で負けたことがない、腰が強いんや」というのが口癖だった。

僕が、まだ小学校に上がる前の夏に沖縄の父の実家に帰省した。

ある夜、親戚が大勢集まり酒盛りが行われた。誰かが三線《さんしん》を弾き始めると、そのリズムに合わせ泡盛で気分が良くなった父が沖縄の踊りであるエイサーを踊り始めた。場が大いに沸いた。三線の奏でる快い律動に乗り個性的な動きで踊る父の熱が伝播し、その場にいた親戚達も座ったままではあったが徐々に手や身体を揺らし踊り始めた。山羊の肉を食べられずに部屋の隅の方で三角座りをしていた僕も箸を置いて踊る父を見ていた。子供ながらに父のことを凄《すご》いと思った。僕の人生で最初のライブ体験だった。

その時、予期せぬことが起こった。「直樹も踊れ！」と誰かが幼い僕を囃《はや》し立てたのだ。

こんなに恐ろしいことがあるだろうか。胸の鼓動が一気に高まった。その頃の僕は極度の恥ずかしがり屋だったので、普段ならば人前で踊るなどということは絶対にできない。だが、僕が踊らなければ折角皆から注目を浴びている父の株が下がってしまうような気がしたし、何よりその場の楽しげな雰囲気を壊したくないという気持ちが子供ながらに強くあった。僕は覚悟を決めて父のエイサーを真似て踊った。

その瞬間、爆発音のような笑いが湧き起こった。一瞬何があったのか解らないまま僕は恥ずかしさを忘れるため一心不乱に踊り続けた。誰もが腹を抱えて笑っている。その笑い声に呼応するように僕の動きは大きくなった。幾らか気分が高揚していたのだろう。子供が何かすると、ついつい笑ってしまうという感覚は時代や国を選ばず共通する。しかも僕は無口で物静かな子供だったから、より普段との落差が生じ滑稽《こっけい》に見えたのかもしれない。それに、関西人じゃない者が無理して関西弁を喋《しゃべ》ると妙な違和感が発生して面白く感じてしまうのと同じように、沖縄の文化に触れたことのない大阪の子供が沖縄の踊りを下手糞ながら懸命に踊っている姿が奇妙でおかしかったのかもしれない。色々な要素が加味されたのだろう、とにかく僕の踊りによって親戚一同は信じられないほど激しい熱狂の渦に巻き込まれたのだった。

世界一早い世代交代だった。父のエイサーなど遥かに凌《しの》ぐ僕のエイサーは沖縄式の古い家屋を倒壊させんばかりの爆発的な破壊力があった。嫌々踊らされているという表向きな心情とは裏腹に僕の肉体も精神も巨大な快楽に包まれていた。素直に嬉しかったのだ。やらされたとは言え、初めて自分が意図的に起こした行動で大勢の人が笑い、そして褒めてくれた。

喜びを噛み締めるため、或いは興奮した気持ちを落ち着かせるため、僕は台所に行

き麦茶を一息に飲んだ。

　すると、父が僕の側《そば》に寄って来た。てっきり褒めて貰えるものと思いきや、父は僕に、「あんまり調子乗んなよ」と言った。

　僕はまんまと打ちのめされ恥ずかしくて赤面した。確かにエイサーを踊る僕は大いに浮かれていた。場が盛り上がり大人達に褒められた僕の鼻の穴は、さぞかし広がっていたことだろう。叫びたくなるほど後悔した。この父の言葉が僕に与えた影響は大きい。今思えばただただ単純に悔しかったのだろう。

　同じ頃の忘れられない想い出がもう一つある。

　父は幼い僕を連れて真っ暗な夜の河川敷まで車を走らせた。そして、対岸にある工場の煙突から流れる煙を指差し、「直樹、あの煙を見ろ！」と言った。辺りの暗闇と静けさに、ただでさえ怯《おび》えていた僕は、「え～！　なに？　なに？」と過剰なまでに反応した。

すると父が、「敵が乗ってるのが見えるやろ？」と言った。

「えっ？」と僕が言うと、父が僕の頭を押さえて「隠れろ！」と言った。

もう僕は泣いていた。先ほどまで何の変哲もない風景だったはずなのに、父に言われると煙の上に無数の敵がはっきりと見えたのだ。敵達は西遊記に出て来る登場人物のような服装で、それぞれが槍《やり》を持っていたり、笛を吹いていたり、青竜刀を持っていたりした。しかも尋常ではないほど数が多い。凶悪そうな敵達が煙の上から僕と父を睨《にら》み付けていた。極度の恐怖心と、父を絶対的に信用する心と、子供の奔放な想像力が見せた幻だったのだろう。だが、その時の僕は本気で絶体絶命の恐怖と戦っていた。

突然、父が叫んだ。「逃げるぞ！」

父と僕は走った。そして車に飛び乗りエンジンをかけた。この時ほど、父を頼もしいと思ったことはなかった。「父と僕、この最強の二人ならば何とかなるかもしれない」そのように考えていた。勢いよく走り出し、どんどん河川敷から離れて行く車の助手席で僕が安心しかけた時、父がバックミラーを見ながら呟いた。

「ちくしょう〜、後ろの車につけられてるぞ」

僕は後ろを見ながら、「わぁ〜!!」と叫んだ。

父の軽快な運転で何とか追跡の車を振り切ったから良かったものの万が一捕まっていたらどうなっていたのだろう？　僕も敵の一味に連れ去られ変な恰好《かっこう》をさせられて煙突から出る煙の上に乗っていたのかもしれない。などと思うはずがない。今、僕は丁度あの頃の父と同じくらいの年齢になった。父に一体何が目的だったのか聞いてみたい。

小学校に上がると、家の前で「又吉く〜ん！」と友達が僕を誘うため叫ぶことがあった。その度に台所の小窓を開け、「わしが又吉や〜！」と父は言った。友達は本気で怖がっていた。

父は少年のような心を持っているため、家に帰ると父と僕のクラスメートが二人でファミコンをしていることもあった。よく見ると父が2コンを使っていたのが嫌だった。2コンということは友達がやっている間、父は待たなければならない。僕の友達に主導権を握られているのが嫌だったのだ。僕は小学校からサッカーを始めたが、「僕が下手」という理由で父は僕の試合を全く観に来なかった。「お前下手糞過ぎるから恥ずかしい」とはっきり言われたこともあった。

月日は流れ僕はサッカーの名門高校に入学した。

そして努力の結果、僕は大阪大会決勝の舞台に立ち、その晴れ舞台を父が友達と一緒に観に来てくれた。前半は0－1で負けていた。ようやく後半に僕達のチームが1点を返し、観客の盛り上がりは最高潮に達した。僕は、「どうだ？」と言わんばかりに父を見た。すると父は、試合など観ずに友達と砂場で相撲をとっていた。その試合はPK戦の末、僕達の高校が勝ったのだが、父はPKさえ観ずに帰ってしまった。

やはり父は少し変わっている。

僕は思春期の頃、意識的に父と正反対の男になるよう努力した。

しかし、「意外とこうだね」とか「案外こうだね」と人から自分の性格を指摘される部分は自分でも驚くほど父に似ている。

最近、味噌汁を飲み干して空になった黒い椀の底に眉間に皺《しわ》が寄った自分の顔が映った。その無意味に険しい表情は父そのものだった。

味噌汁と父で何気ないことを思い出した。

テーブルの上で味噌汁の椀が自然と動くのを不思議に思いながら、父も僕も我慢比べのように、いつまでも何も言わないのであった。

drinks
OLD
drinks

全てに調整中の紙

カップやきそばを食べながら弔電を送る

白髪と同じ色をしているセーター

ついには剃かずに食べはじめた

南蛮人ではなく首を痛めている人

早熟なだけだった友人に並ぶ

駄洒落がある御品書き味に期待しない

長い停車が別れを気まずくする

ルールが若干違うので戸惑う

風が顔に当たって左右に分かれて耳で音に

地球儀の前から動かない老人がいた

防虫剤の香りで台無し

黒飴しかない祖母の居間にいる

普通の人間などいないと言うがたまにいる

煙草屋の老婆のチョッキ

エンドロールを観ず帰る人達の影

あの人だけ薄着なのはちょっと前から気づいていた

朝から駅前で演説している

あぐらで枝豆をたべた

中が丸見えの家だ遺影とテレビ

もつれそうな小さな足でもつれずにいる
ボタンはある糸の色が無い
やたらと叔母が干支を知りたがる
長靴買ってから連日晴れ

日能研の鞄が走り抜けていく

優勝候補が来た

犬に挨拶させようとしているから待っている

このトラック誰かに似てる

空吸う

鍋沸騰しろ会話が無い

巨人に踏んで欲しい人がいる

歯の治療を怠ったのは予言者のせい

ひなたぼっこをしているのか置き去りなのか老人
やっぱり斜めに見える
どうせあの雀は逃げるんだよ
いつももたれかかっている壁変色

暗い外国人を見てがっかりする

汁吸った揚げで舌が熱い

この手品師何度ストップと言わせたら気が済むのか

初対面の気がしないと言われても困る

少し歩いただけで月が見えなくなる
映っている方を見ている
暗闇に重機
わりと歩み寄ったつもりだった

床の間の絵の裏に御札が無いか確認している

沈黙が一番喧しい

自転車から降りてまで倒れた看板を立てている

部屋のどこかで昔買ったアラームが鳴っている

カステラをフォークで切る刺す

同じ軽自動車が並んでいる

まだ蚊が居る事実に驚く

瓶に息を入れ鳴らすのも飽きた

五分早い時計と頭にある

跳躍の瞬間を写真に納めたいようだ

肩を痛めて止めた者が多過ぎる

勝手に意味を持たせて独自に誤っている

雑な花壇を飛び越える

ばちがあたったんだと言われた

この川の名前知ってる

靴修理待つ女の顔

etc
おしゃれの店

キィーンと
冷して
召し上がれ

行けたら行くで来た例しが無い

正論を失笑されている

影を踏まれてから体調がおかしい

好意のサプライズに怯える

興味ある顔をしておく

もうラストオーダーなのか

手のひらに空気と爪の跡

題名しか知らない童話だ

薬を飲んだ朝の小便の色

鮮やかな新規墓地受付中の看板

そこを曲がると地元と思ってみる

昔話みたいな大盛りで来た

本当に福笑いをやるのか
これも持っていけと言われる
白一色ではなく模様の入ったシャツだった
ふざけてるようにも喧嘩にもみえる

恐竜の話はもういい

眼を守りながら鴉を追い払っている

直ぐに充電が切れることすら言えない

好きなパンの賞味期限が一日だけ切れている

思い出しすぎて何もできない

学校の側を通ると心がざわつく。

とりわけ学校が好きな生徒ではなかった。高校生の頃は可能な限り登校しないようにしていた。朝、自転車で家を出て、学校へは向かわずに町の外れを流れる川の土手へと赴いた。自転車を目立たないところに停め、草が茂る土手の傾斜に座った。いわゆる「さぼり」だ。とはいえ、丸一日休む大胆さはなく、長くてせいぜい三時間目の授業くらいまで河原の香りの中にいた。時間が来たら渋々、そして小心者であるから罪の意識に苛《さいな》まれながら学校へ向かった。自転車をこぎながら制服に付着した植物の種子を取った。

河原ではだいたいは本を読んで過ごした。このようなことを書くと孤独を楽しむ文学青年と勘違いしてくれるだろう。それは悪いことではない。わざわざ否定もしない。実際のところは、私はそれほど本を読む高校生ではなく、特に小説は特定の作家の作品以外は読まなかった。それゆえ読んでいたのは漫画か雑誌だった。河原という場所柄、猥褻《わいせつ》な雑誌もよく落ちており、状態の良いものには目を通した。ほとんどは朝露や雨で読めない状態になっていて、裸体の女性写真がふやけて束になっていた。

漫画は、中でも少女漫画を読みまくった。学園物の話を好んで読んだ。そこには自分の高校生活に不足しているものが詰まっていた。その多くは齧《かじ》るときっと甘酸っぱい味がするのだろうと思わせるものだった。私は少女漫画の世界に憧れ、やがてそれを手本にするようになっていた。それは理想の高校生活をおくる上での教材であった。

特に恋だ。初々しくもあり、ぎこちなくもあり、無邪気でもある恋は学園生活に付きものだ。少女漫画に出てくる男子はいつだって女子に人気があった。私は必然的にその男子を真似するようになった。当時読んでいた漫画に登場する男子は「ぶっきらぼうなタイプ」が多かった。ならば簡単なことだ。私は学校に行っては女子にぶっきらぼうにした。そんな生易《なまやさ》しいレベルではなかったかもしれない。ぶっきらぼうにしまくった、が適当だろう。どんなことがあっても愛想良くはしなかった。笑顔は禁止だ。話しかけられても返事をしなかった。したとしても投げやりにした。少しだけ怖さを醸し出し、近寄りがたくもした。そうやって必死にぶっきらぼうなイメージを女子に植え付けた。

ここからは次の段階へと移らなければいけない。ぶっきらぼうと思わせておいて、実はそうではないことをわかってもらうのだ。ある日、ぶっきらぼうに隠れてわからなかった意外な一面を不意に見せる。それは笑顔であり、気づかいであり、優しさだったりするだろう。女子はいつもと違う様子に戸惑う。

「この人、実は優しいんだ」

「笑うと笑顔が素敵だな」
生じたギャップが女子の心を鷲掴《わしづか》みにする。女子はその日から私のことが気になって仕方なくなる。こうして人気は急上昇する。
その予定だったのだが、意外な一面を見せる前にただの無愛想な人と認識されて終わってしまった。距離を置かれ、物語が進まなかった。隠された別の一面を見せるところまで到達できなかったのだ。コミックで言えば一巻の二話目あたりで終わってしまった状態だ。三話目で動物好きをさりげなく見せたり、四話目で木に風船が引っ掛かって泣いている子供のために木に登って取ってあげる姿を偶然見られたりする予定であったのに、突然打ち切りになってしま

ったようなものだ。「あの人、無愛想で話したくない」と自分の人気がなくなってい
くのが手に取るようにわかった。甘酸っぱさのその片鱗すらも味わえなかった。
輝く学園生活からかけ離れてしまえばしまうほど憧れは更に大きくなっていった。
学校自体は相変わらずそれほど好きではないものの、学校に付随しているものへの思
いは強くなった。学年はあがり、周囲は受験だ、就職だ、と確実に大人になっていっ
た。気づくと私だけ未完成なまま甘酸っぱいことをいつまでも探していた。
彷徨《ほうこう》は卒業して二十年以上経った今も続いていた。学校の側を通ると身体の中がざ
わつくことでそれを知った。校舎が見え、校庭が見え、生徒が見え、心がぐらぐらと
揺れた。
私はたまたま通りかかっただけの、縁のない学校の前で立ち止まった。
耳を澄ますと学校の音が聞こえてきた。その音はどれも私を打ちのめした。どれも
懐かしい音である。懐かしさが凶器のように鋭く、あるいは鈍器のようにゆっくりと、
昼間から何もせずに歩きまわっている私に襲いかかってきた。「自分は何をやってい
るんだろう」と自責の念にかられた。こんなはずではなかったとどっぷりと後悔に浸《つ》
かり、いくらでも泣くことができた。我慢しなければ涙は簡単に溢《あふ》れた。死にたくな
ることもあった。

それでも音が運んでくる記憶が一瞬だけタイムスリップさせてくれるために、そして長年追い求めているものに手が届きそうな気がして、暇があれば進んで学校を訪れるようになっていた。私は散歩コースに学校を組み込み、知らない学校へと赴くのが日課となった。音を聴き、懐かしさに浸って時間を戻した。

とはいえ一瞬のタイムスリップはあくまで副作用に過ぎず、薬効はやりきれなさの無限増殖に他ならない。最終的に死にたくなって終わった。再び歩き出すと、すぐに死のことは忘れ、帰って昼寝でもしようかと考え始めた。そういったことを繰り返しているうちに、どの音が最高に死にたくさせてくれるのかを確かめたくなった。

まずはチャイムの音。学校生活を最も連想させてくれる音である。あらゆる思い出を総括している音と言っても過言ではない。聴いているうちに「なんであの時あんなことをしたのか」と頭を抱え、顔をしかめてしまう音である。

チャイムが鳴り終わった後の音はどうだろう。チャイムが鳴って、昼休みになった瞬間の喧騒だ。椅子と床がこすれ、授業中の静寂が嘘のように一斉に声が聞こえ始める。その音の中にはもう二度と入ることはできない。取り戻すことのできないものを突き付けてくる音だ。私は手も足も出ず、後悔に支配される。

逆に、チャイムが鳴るまでの静かな授業の音はどうだろうか。教師の淡々とした声

と時折チョークの音が混ざる。指名された誰かが朗読する声。退屈であったはずの音が愛《いと》おしい。あの頃授業中に思い浮かべていた自分の将来は何だっただろう。どんな大人を目指していただろう。決して「わざわざ学校まで来て音を聞く大人」ではなかったはずだ。もしも教室で授業を聞いていた頃の自分に会ったなら、私はなんて言うだろうか。今の自分をどう説明するか。

「まあ、まあ……あの、あれだ、あれ、仕方ないかな」としか言えない。俯《うつむ》いて足先を見るしかない。

　吹奏楽部が練習する音。遠くに聞こえる管楽器の音は放課後を彩る音で、思い出に返るには必要不可欠な音だ。今の自分には無関係な音と紙にしっかりと明記し、提示されているようでもある。グラウンドから聞こえる金属バットがボールを捕らえる音も同様だ。体育館から聞こえる靴のゴム底と床が擦《こす》れて奏でる音にいたっては、吹奏楽部や野球部とは違い実際にその場にいた思い出があるものだから、押し潰されて動けなくなってしまう。

結局、どの音が最高に死にたくさせてくれるのか？

一番など決められない。どれも甲乙つけがたく、どれも死ぬことができる音だ。

ただ、学校周辺で立ち止まり耳を澄ましている行動は大変怪しすぎるようで、音で死んでしまう前に、近寄ってきた警官の「何しているんですか？」の声で我に返り、一命を取り留める。そのため死んでしまうことは、ない。

近所の餓鬼に名前を付けられている

どこの地域にも怪談話の一つや二つはあるのだろうか。

僕の地元にも怪談めいたものがあった。

午後五時ちょうどに、中学校の裏にある神田神社から学校の屋上を見上げると、そこに落ち武者の首が見えるという恐ろしいものだった。

地元の子供達は夕方に神田神社の前を通過するだけで、何か良からぬことが起きるのではと思い、「わぁ〜！」などと叫びながら駆け抜けた。

しかし、神社と屋上では最低でも五十メートルは距離がある。それを見た人は何故落ち武者と断定できてしまったのだろう。

もしかしたら、落ち武者などではなく、ただ単にそういうヘアースタイルの人だったのかもしれない。

武士などではなく、ましてや敗走などしていない、単純にセンターの頭髪は薄いがサイドにボリュームがある髪型の人だったのかもしれない。

学校の屋上に出るのだから、学校創立後に没した人と考えるのが自然だろう。学校ができる前からずっと空中に浮かんでいて、そこに学校が建ち、ちょうど屋上に顔が浮かぶような形になったというのは都合が良過ぎるような気がする。ということは恐らくは昭和を生きた薄毛の人物だろう。

その人が生前、風呂上がりに髪をドライヤーで乾かそうか？　自然乾燥の方が髪が傷まないか？　などと深く思い悩んだ結果、強い思念が沈澱してしまったのか、もしくは何かもっと複雑な悩みがあって、その想いが具現化して霊になってしまったのかもしれない。

だとすると、さぞかしその霊は戸惑うことだろう。自分はこの世に強い遺恨を残し幽霊となった。

しかし、どうやら自分は地域の人達から「落ち武者」と誤解されて認識されているようだ。こんなはずではなかった。

霊は憂鬱《ゆううつ》な悩みを新たに一つ抱えることになる。そして夕焼け空に独りブツブツと語り始めるのだ。

あ〜、そういえば生前にも一時期同棲してた彼女から、「落ち武者や！　落ち武者や！」って、風呂上がりの頭をからかわれたことあったなぁ。アイツ矯正中の歯むき出しにして笑ってたけど何がそんなに面白かったんやろ？　最初は釣られて俺も笑ってたんやけど、あまりにもしつこいもんやから、「やかましい、足軽の嫁みたいな顔して！」って半分冗談、半分本気くらいの感じで言い返したらアイツ急に泣いてもうたんや。でも、なんで泣いたんやろ？　前にも、それくらいの文句とか、なんやったら、もっと残酷な「他薦だらけの中、自薦で予選落ち」みたいな文句も言うたことあったのに、なんで「足軽の嫁」程度で泣き出したんか全然解らんかったから、変に俺も動揺してもうて、「優秀な足軽がおらんかったら戦《いくさ》には勝てんぞ」とか誰目線かも解らんフォローおっぱじめてもうて、そんなもん早急に止《や》めて直《す》ぐに謝罪するべきやってんけど、段々その説に自信が芽生えて来たっちゅうか、上手いこと足軽の必要性を説けてる自分に酔うたっていうか、とにかく気持ち良くなってしもて、ほんま長いこと色んな角度から足軽について語ってもうてて、気が付いたら俺は足軽をサッカーのサイドバックに置き換えて「豊富な運動量によって攻守にわたり数的に有利な状況を作り出せる」などと自分に陶酔しながら身振り手振りを交えて喋ってもうてて、彼女は相変わらず泣いてるし、さっきまでテレビで流れてた野球中継も終わってもうてるし、飲みかけの缶ビールなんてぬるぬるや。そういえば暑い。一回暑いって意識してもうたら無茶苦茶暑い。扇風機を「弱」から「強」にしたろかなと思ってんけど扇風機は彼女の近くにあって、「扇風機『強』にしてくれ」って頼むのは違うし、自分で移動して「強」にするっちゅう方法もあるけど、「何を自分で勝手に喋り倒して暑くなってもうてんねん」と思われたら最悪やから我慢するしかない。いや、そんなこと考えてる場合やない。彼女との気まずい状況を何とかせなアカン。「ア、カ～ン！」ほんまにアカン。なんか追い込まれて変なノリ出してもうた。ちゃんとせなと覚悟決めて遅ればせながら、「ところで、お前は、なんでそんなに泣いてるんや？」ってようやく核心部分に触れたんや。ほんなら、アイツは、「自分でも『足軽の嫁』っていうのがしっくり来てしまって……それが嫌やってん」っていう、よう解らん理屈やって、話が益々ややこしくなってもうたんや。アイツは三角座りのまま膝《ひざ》に顔埋め込んで鼻ズーズー言わし始めたから、もう今日はアカンなと思って寝た。ほんで仲直りするタイミングを探しているうちに数週間が過ぎて、ほんで、あの日や。部屋に帰ったら彼女の荷物がなくなってて、机の上に「あなたの作業着を前向きな気持ちで洗うことができなくなりました」という解るような解らんような書き置きだけを残して彼女は部屋を出て行ってしもた。それ以来、俺は二人でよく聴いた桂枝雀の落語のテープを哀しくなるから聴けんくなって、ドライヤーで髪を乾かす前に必ず彼女を思い出してしまうようになったんや。このタイミングで別れてもうたら歯の矯正も自分のためやなくて、誰かのためのもんになってしまう。最悪や。「髪乾かさんと風邪引くよ」とかオカンみたいなこと吐《ぬ》かしてたけど、俺は今独りやから乾かすも乾かさんも自由やし、わざと風邪ひいたろかな、お前のせいやぞ、お前にひかされた風邪。こんな形ではあるが風邪を通してギリギリ彼女と繋《つな》がっていることに安心感を求めてもうてる俺くそダサいやんけ、腹立つ、腹立つ、ほんで世界と決別して今俺の魂は彼女と一緒に暮らした町の空で浮遊してる。神社からガキがこっち指差しとる。人に指差したらアカンって親に教えられてないんか？　ほんま腹立つ。落ち武者？　誰が落ち武者やねん!!

哀れな魂だ。迂闊《うかつ》に落ち武者などと断定してはいけない。もちろん、彼女に逃げられた薄毛の男というのも憶測に過ぎないのだが。

本当のことは誰にも解らない。ひょっとすると想像を遥かに超えた事実があったかもしれない。

真実を知るためには実際に、夕方五時の神田神社に行くしかない。いや、いっそのこと中学校の屋上に直接上がってみた方が良いかもしれない。

しかし、もしも噂《うわさ》の首が見当たらなかったらどうしよう。

夕暮れ時に、屋上で呆然《ぼうぜん》とする僕を神田神社から見た地元の子供達は、僕を落ち武者にするだろうか？　死神にするだろうか？

思い出した肉を食べたんだ

泣いてないが迷子だろう

隙間にパチンコ玉が挟まっている

これはトイレを待つ女の列

どのように褒めていたのかもっと詳しく
ラジオ体操第二を思い出そうという提案
連れの靴擦れで白ける
曖昧な気候が呼んだ蕎麦という選択肢

ＮＦＬのジャンパー着てる人の隣なら空いてる

靴はまだ乾いていない朝

起きると正常になっているはず

八割くらいポイントカードの厚み

下敷を使い公正に身長を比べている
あと何分ゴリラの物真似で持つか
体育倉庫の鍵が紛失したようだ
箒を取り敢えず跨いでみたものの

転送されてきたのは美容室のハガキ

その日はバーベキューだと断られる

参加しないに限る

もう怒る気力もない始発

縄跳びが武器の女子

飛行船が過ぎるまで空を見て中断

贈物をする権利すら無い

自分も今来たという嘘

托鉢の人が思い出し笑い

虫に刺された老婆が足を掻いている

資格の本がたくさん捨てられている

ここって前はなんだっけ

空調を褒めるくらいしか無い

意味深な沈黙で騙す

真夜中の集団中心人物の前置詞が結局

ようは自慢話

振り返った人は老けてた

テレビの明かりで居留守がばれる

ノースリーブの男の傘が小さい

タンクトップの男越しに運賃表を見る

風車をオランダと言っているようだ

拝啓の次が書けず朝

数段飛ばしで迫って来る来た

褒められたのだけ自分のではない

いま僕は水を無駄遣いしている

「ねぎし」って手もある

釘を銜えている大工不安と尊敬

細くて急で錆びてる階段を上るキミの家

注意
子ども
飛び出し

海岸
大仏

全ての信号に引っ掛かりながら早く逢いたい

廻転するペダルの上で足が浮いている

電話の声が遠いと言えず切る

礼服に数年前の招待状

事故現場だと気づく
清掃の人が足元を掃き出したので立つ
いつもと違って見えるのは長袖Tシャツなんかを着てるせい
回文じゃなかった

何よりも現実的な手の甲の血管

爪を噛む癖が移る

未だヤッホーと言えない

どっちだと左手を少し前に出しているのは罠か

賑やかな御輿に追い越される

実家にまだあったマグカップ

大きいサングラスの女こっちを見ている

繰り返された注文がいきなり違う

ドナルドを見て泣く児に共感

鼻血で休む魂胆

野球帽が出血する膝を見せてくる

非常口マークの真似をしている

雪が載ってるバスが来た

おばさんの自転車のハンドルカバーにだけ雪が積もっている

怒った貼り紙にさえ雪

雪降ったの知らなかったと悔しがった姿だけ鮮明

賽銭箱の前で大きいのしか無い

姉のリップクリームが羨ましかった冬もあった

立ち小便の湯気に怯える

コタツで足がつった事実を隠した

雪が光りに光っているが極寒

節分の豆が転がっている

ここの方が暖かいと誘われる

雪食べて笑う児

廊下でスケート靴下が真っ黒
鳥居と同じ色の唇
柄杓の順番待ち
フランスパンだけ残っている

ここに寿司屋か

瓢箪《ひょうたん》がある。自分で育て、収穫し、丹精込めて磨き上げたものではなく、置物として販売されているものと思われる瓢箪。赤黒く光っている瓢箪。くびれた部分に赤い紐が巻かれ、先端にはコルクのようなもので栓がされている。中に何が入っているのか、何も入っていないのか。それ以上になぜここに在るのか。私にはわからない。

　大きな巻貝も置いてある。映画等の時代劇で使用されるほら貝よりは小さいが、それでも立派な大きさである。自分で採って食した残骸か、それとも買ったものなのか。どちらにせよここに置かなければならない理由はあるのだろうか。私にはわからない。

　木彫りの大黒様の置物もある。七福神の一人としてお馴染《なじ》みの、袋と小槌《こづち》を持ったふくよかな体型の神様だ。特徴はなんと言っても微笑《ほほえ》んだ柔和な顔であろう。涙が似合わない顔である。子供の頃に読んだ世界の不思議な現象を集めた本には必ずと言って良いほど載っていた『涙を流すマリア像』の話。その真偽のほどは知らないが、どこか神秘的で超現実的な話だった。この不思議な話がまったく似合わないのが大黒様だ。もしも『涙を流す大黒様』なるものがあったなら、それは笑いすぎたために涙が出てきたのであろう。大黒様に涙は似合わない。大黒様の隣にある鮭を銜《くわ》えた木彫りの熊にはもっと涙は似合わない。こちらが涙を流していたならば、久々に鮭が捕れた喜び以外の理由はない。いや、本当は捕りたくなかった鮭を捕るしかない状況を嘆いている涙というのも考えられなくもない。そんな涙の理由は何であれ、それらの置物がここにある理由はわからない。

　盾と賞状。どちらも何かを称えたものである。どうやら「長い間頑張った」ということを表彰されたようだ。素晴らしいことだ。ただここに置かなくても良いだろう。

　小さな座布団。いきなり小さな座布団だけがあっても何のことだかわからずに困惑してしまうも、傍らにコミカルな顔と形をした猫の置物が転がっていたのですぐに状況を察した。この二つはセットである。よく見ると猫は招き猫だ。小さな座布団の上に招き猫が乗ってる、のがデフォルトであろう。何かしらの振動で倒れてしまったと考えられる。確かにこの丸みを帯びた猫と流線型に膨らんだ座布団は相性が悪い。不安定この上ない。飾り物としては失格だ。最初から飾らない方が良かった。

　それに比べ、堂々としているのが将棋の駒である。もちろんただの駒ではない。高さ三十センチはあるだろう大きな将棋の駒だ。重量感を感じさせる木目と色。安定感は抜群である。駒に書かれているのは「王将」の文字。貫禄すらあるではないか。ただ、ないのはそこにある理由、だ。

　サンリオのカエルのキャラクターの小さなソフビがファンシーさを添えている。そのファンシーさがカオス度を高めている、とも言える。将棋の駒とファンシーなもの

吸ひがら入れ

を共存させるその意味とは。やはり私にはわからない。

そうしてやっと発見した「ここにある」理由を持つもの。巻き寿司の食品サンプルだ。黒く変色して決して美味《おい》しそうには見えないが、これがあることで、ここが寿司屋の店頭であることをようやく理解させてくれる。

そう、私は寿司屋の前にいた。

大通りから一本入ったところにある、かつてはそれなりに栄えていたと思《おぼ》しき商店街。いまやその面影を偲《しの》ばせるものは電柱に括《くく》りつけられた商店街の名前が記された看板だけで、ほぼ住宅地に同化している。通りを進んでいくと、大通りを絶え間なく行きかう車の音も遠くなり、徐々に閑静さに包まれていく。そこに突如として現れた寿司屋。「ここに寿司屋か」と私は驚く。果たしてここに店を構えてやっていけるのか？　これも商店街が栄えていた名残なのか？　それともあえてここに店を？　昔ながらの常連が支えてくれているのか？　出前が主なのか？　などと様々な疑問がわき上がる。突然目の前に現れた古びた寿司屋のことで頭がいっぱいになり、親身になっている。すぐに自分が心配することではないと気づき、一歩引いて客観的に店舗を眺めてみる。

寿司屋の店頭のショーケース。そこには寿司とは無関係なものが多数並べられていた。瓢簞、大きな巻貝、大黒様、木彫りの熊、盾と賞状、小さな座布団、招き猫、将棋の駒、サンリオキャラ、これらが蠟細工《ろうざいく》の薄汚れた食品サンプルと一緒に並べられていた。思うに概してショーケースとはこんなものだ。ここに限らずどこの商店街を歩いても、ショーケースには紙風船があったり、ピエロのやじろべえがあったり、博多人形と子供がかつて遊んでいたものであろうロボットのプラモデルが同居したりしている。なぜなのかその理由はわからぬが、そういうものだと受け容れるしかない。

私は再び歩き始めた。空港へと向かおうと、バス停を目指していた。故郷へ戻り、実家に帰るために。玄関の靴箱やテレビ台の上には瓢簞も王将の駒も博多人形もあるであろう実家へと。とはいえ、さすがに実家は店舗ではなくごく普通の一般的な民家であるから食品サンプルはないであろう。

「いや……！」

私は思い出した。食品サンプルもあったはずだと。昔、修学旅行のお土産として買ってきた目玉焼きのキーホルダーが。

あれは本物そっくりだ。

少しの傷でも捨てたくなるのに

引っ越しをした。

新しい部屋は窓が多く陽当たりが良いので、まず早急に必要なのはカーテンだと思った。

失敗しないようにカーテンの寸法の正しい測り方を色々と調べたが難しくてよく解らない。

すると、僕が困っていることを知った後輩が、「僕に任せて下さい」と頼もしいことを言ってくれたので全て任せることにした。これで一安心だ。

僕は鼻の穴を膨らませながら後輩が測ってくれた寸法表を持ってカーテン屋に行き一級遮光カーテンを注文した。部屋に届くまで十日ほどかかるらしい。

カーテンが届くまでの生活は、太陽に強制的に起こされたり、隣人の眼を気にするあまり背中に巨大な岩を背負わされた老人のような低い体勢で着替えたりと随分苦労したので、遮光カーテンが届いた時は凄く嬉しかった。

だが、なぜか急に嫌な予感に襲われた。カーテンの寸法が大き過ぎるような気がしたのだ。いや、気のせいだろう。きっと広げたらジャストサイズのはずだ。そのように無理やり信じ込もうとした。

しかし、僕の嫌な予感は見事に的中した。嫌な予感は常に的中するのだ。

長過ぎるカーテンはだらりと垂れて床の三分の一程度を侵食していた。どうすることもできず途方に暮れた僕は取り敢えず床に座り、強引ではあるが前向きな気持ちで、しばしカーテンを眺めてみた。

「融解する境界」という意味深な題名を付けてみると、カーテンは美大の学生が悪ノリで作った、前衛を履き違えた芸術作品のようでもあったが、やはり生活に直面している当事者の僕にはマティーニを舐《な》めながら、それを眺める余裕はなかった。

それにしても本当に何もかも上手くいかないものだ。

丈は長過ぎるし、幅は足りていない。足りていない部分には応急処置的に自分の持っている服の中で最も長いシャツをハンガーにかけて吊るしているが、何の役にも立っていない。

とにかく全て間違えているのだ。

それに大きさばかりに注目しているが本当は色だって気に入っていないのだ。

白い壁には茶色が似合うだろうと思い茶色のカーテンを選んだのだが、壁の材質やカーテンの生地などを合わせてみると全然合ってなくて驚いた。白系統で統一した方が絶対に良かったというのが正直な感想なのだが、今そこまで意識するとどこまでも憂鬱になってしまうので、この不安の原因は全てカーテンが化物のように大きいからだと要点を一つに絞ることにしたのだ。

このような時には、とことん自分の駄目さ加減に嫌気がさす。他の人はカーテンの寸法を正確に測れて本当に偉いと思う。

今後、僕はいかに部屋を整理整頓してもカーテンがだらしないのだから、もう全ては無駄なのだ。

間接照明で魔方陣を作るくらいの大きな改革をしなければ、この部屋は永遠に「カーテンの寸法が合っていない駄目な部屋」のままなのだ。もちろん、間接照明の魔方陣の部屋にも住みたくはない。

こういう時は思い切って気分を変えるしかないと思い、洗濯をすることにした。

しかし、今度はお気に入りのTシャツを乾燥機に入れて縮ませてしまった。

本当に何もかも上手くいかない。

縮んだTシャツを捨てるのはもったいないので、自分で乾燥機に入って自分の身体を縮ませることにした。

だが、今度は自分が縮み過ぎてTシャツが大きくなってしまった。

再びTシャツを乾燥機に入れて縮ませることにした。

またもや、Tシャツが小さくなり過ぎてしまい、再び自ら乾燥機に入らなくてはな

らなくなった。身体が縮んだせいで、乾燥機のボタンを押すのも背伸びをしなければならず苦労した。

ぐるぐると回転する乾燥機の中で、次こそ上手くいくようにと祈った。

しかし、やはり今度は自分が縮み過ぎてしまった。

まるで、自分で前髪を切っている時みたいに終わりがない。

洗濯機が随分でかく見える。自分はとんでもないことをしでかしてしまったんじゃないかという恐怖に襲われて、もう何もしたくなくなる。

部屋に戻ると巨大なカーテンが僕の空間を食べ続けていた。

わかったこれはダウンジャケットの羽根だ

孫に摑まって歩く爺さん孫が走った

二十一時閉店だったのか

お待たせせと近づいてきた

喩えなくても解っている
ブロックを裏返すと沢山虫がいた
真剣にキスする二人が笑われている
土産に缶詰めを貰ったが缶切が無い

自分の家と同じ消臭剤がある

独り水溜まりに映る独り水溜まりにはまる

終わりまで聞くしかない

走らなくても間に合ったんじゃないか

昨夜の夢の話を完全に無視する

友達だが一対一は避けたい人

カラオケで探していないが捲っている

渋滞中の国道で夢を語られている

カレー食べるんだったら次で降りるが

自分が注文した料理が余っている

怒っている女だがシャンプーの香りがする

数ある楽器で何故それを選んだ

位牌の重さを確かめてみた

ベビーカー
おきば

中卒の眼鏡が来た

荷物を股に挟んで拝む

嫌な予感ミラーボールがある

煮物で窓ガラスが曇る実家

コーヒーハウス
ひょ〜きん族
P
ビルうら

買うと伝えても店員が喋る

葬式なのに天気が良い

暗い人だが踊りのレパートリーが豊富

小さい虫が口に入ることもある

からくりが解らないが別にいい

誰かが音読してる

ボールをあてるな

自分だけ吠えられると悪魔と思われる

後追い自殺かと思われたら困る

小中学生の頃、学校で映画観賞をさせられることがあった。体育館や町の公民館で上映される映画を皆で観るというものだ。映画は戦争を題材にしたものや学校生活に関する内容だったと記憶している。授業の一環として観賞するわけであるから真面目な内容になるのは当たり前のことで、映画イコール「東映まんがまつり」と思っていた私は少々がっかりしたものだった。

中学校の時に見せられた映画は『ブリキの勲章』というタイトルのものだった。内容を簡単に説明すれば、非行少年が立ち直っていく姿を描いた作品である。当時はいわゆるリーゼントに変形学生服というオールドスクールの不良が大勢いた時代であり、校内暴力が全盛の時代だった。私の通っていた学校もご多分に漏れずそうだった。そのため学校側がこの映画を選択したのは決して間違いではなかった。悪い生徒達がスクリーンを通して客観的に「不良」というものを見て、次に自分と重ね合わせることにより生じる感情の芽生えが更生への第一歩になるはずだった。はずだったと述べた理由はひとつしかない。こういった映画にありがちな「描く若者像が少し古い」問題点が健在だったためだ。「こんな不良はいない」と嘲笑の対象にしかならなかったのだ。

そのような時代だったために、学校には絶えず緊張感があった。学年の違いがそのままカ関係の違いとなり、絶対的な上下関係が築かれており、上級生とすれ違うだけで緊張するような毎日だった。緊張はそのまま部活動にも持ち込まれるわけで、一年生の時は気の休まる暇がなかった。

部活では理不尽な練習や理解不能な命令が多々あったものだ。それでも、怖いけれども優しい先輩は存在した。二つ上の先輩だった。時には庇《かば》ってくれることもあった。その先輩がいなければ部活を続けていくことはできなかっただろうと思う。

私は先輩に憧れた。思慕の念は真似することに繋がった。先輩の自主練方法やプレーを真似した。同じリストバンドをした。「同じだな」と言われて嬉しかった。部活以外でも真似をした。学生ズボンのベルトは細いエナメルのものにしたし、学ランの裏地は光沢のある紫色のものにした。髪には同じ整髪料を使った。チョコレートの香りがした。

先輩が卒業して、私は学年が上がった。新入生が入って来て、私にも後輩ができた。私は先輩が自分にそうしてくれたように、後輩に接した。

中学を卒業し、私は別の町へと引っ越したために、その先輩に会う機会はなくなった。

それから更に数年が経ち、私は高校を卒業して北海道を出た。夏に帰省し、パチンコ屋に行くとその先輩がいた。先輩は昔のままの笑顔で近づいてきて、私のボディを殴るふりをしながらふざけて挨拶をしてきた。話を聞くと地元の大学に通っているとのことだった。先輩はコーヒーを奢《おご》ってくれた。私はコーヒーを飲む習慣はなかったのだが、その時から真似して飲むようになった。

やがて帰省の回数も減り、いつしか二十年近くの歳月が流れた。

新宿でたまたま同級生に会った。居酒屋で昔話をした。怖かった先輩の話になり、私は不意にその先輩のことを思い出し、消息を訊《たず》ねた。「自殺した」と言われた。

自殺。私は散々先輩の真似をしてきたが、それを真似するかどうかはわからない。ただ、今日、好きでも嫌いでもないロックスターが死んでいるために、すぐに自殺すると後追いと思われる可能性がある。それは避けたいから今は自殺はしない。

そんな感性も元々は先輩の真似だ。

家にいると決めた日の夕焼けが誘う

蟬の鳴き声を聴きながら、余計に暑くなるから止めてくれなどと念じ、止んだら止んだで、妙に違和感を覚えてしまい、さっきまで敵視していた蟬の安否が気になったりする。

そんな無益な思索も結局は暑さに断絶させられる。こんな暑い日は、涼しい部屋でサイダーでも飲みながら寝ていたい。用事がなければ、まず外になど出ない。

暑い。蟬時雨《せみしぐれ》。やかましい。止まった。静寂。蟬ソロ。やかましい。止まった。静寂。死んだのか蟬？

先輩に、「又吉友達少ないやろ?」と出し抜けに言われた。

とても暑い日だったので、僕は何も考えずに「はい」と答えてしまったが、熟考したところで導き出される答えは恐らく同じ言葉だった。仕事の合間に長い待ち時間があり、先輩も僕も退屈していたし何より暑さを忘れたかったから何か取っかかりが欲しかったのだ。

先輩がヘリウムガスが入った赤い風船を指差し、「それ使えば?」と言った。一瞬、風船と友達になれと非常に難しいことを言われているのかと戸惑ったが、すぐに先輩の意図が理解できた。

僕は白い紙に自分の携帯番号を書き、「僕と友達になって下さい。又吉より」という簡単な言葉を添えて風船のヒモに結び、空に放した。

僕は赤い風船が見えなくなるまで、ずっと空を見上げていた。首が痛くなってもずっと空を見上げていた。

風船はどこまで飛んで行くのだろうか？　意外と高度が上がると直ぐに破裂してしまうのだろうか？

もしかしたら、遥か彼方まで飛んで行き文明と関わらず独自の世界を築き上げている未《ま》だ見ぬ森の住人達に発見され神と奉られるのかもしれない。

どちらにせよ、十分後には僕も先輩もそんなことはすっかり忘れてしまい、八月の暑さにうだりながら思考を停止させ、かろうじて自分の血液を求めて近付く蚊を払う動作により互いが起きていることが解っていたのである。

数日後、相変わらずの暑さだったが、その日は特に用事がなかったので家でゆっくり過ごしていた。

わざわざ体力を奪われに行く必要はない。そのようなつもりだったのだが、窓から見える空が徐々に赤みがかってくると、気もそぞろになる。何もせずに一日を終えることに強い寂寞《せきばく》を感じてしまう。せめて夕暮れの街を歩きたくなる。

近所の高いマンションに上って夕焼けでも見物すれば部屋なんかよりもっと涼しい

だろうと、自分で自分に言い訳をして、ようやく汚い靴をはき独りで歩いていた。

するとポケットの中で携帯電話が震えた。取り出し液晶画面を見ると「公衆電話」からの着信だった。

全く心当たりがなかったので出ないでおこうと思った。大切な要件ならば留守番電話にメッセージを残してくれるだろう。

しかし、ふと脳裏に赤い風船が浮かんだ。

まさかとは思ったが、僕が飛ばした赤い風船を拾った新しい友達からかもしれない。

僕は急いで電話に出た。

受話器の向こうで蟬の声がして、次にガサゴソと騒がしい音がしたかと思うと複数の子供達が声を揃えて、「ば〜か！」と叫び笑いながら電話を切った。

新しい友達はできなかった。

まだ蟬の声が途中だった。

上昇した赤い風船が蟬の声で破裂した。

東京の夕焼け真っ赤っか。

出されたお茶をすぐに飲み干してしまった

約束して帰り道面倒になる

裁縫セットを貰ったが

手つかずのお茶が冷めている

動悸がしたが迷惑メール
店長に期待されている者にろくな奴はいない
帰りたいのにギターを弾き始めた
それ喰ったら行け

不安で多めに切手を貼った

大きい花がぼたぼた落ちている

弱火にしたいのに消えた

木を切る音がいつも聞こえる町だ

切手の裏を再度舐める

鬼門で転ぶ平凡な男だ

バンド組もうぜと言われている

独りなのは真夜中のせいだけでは無い

傘を引きずっている家が遠い

力のいる窓だ

爪楊枝の容器を倒して乱雑に戻す

昨日絞り出した歯磨き粉を今日も絞る

太鼓を叩き出す前の顔

怪談話落ちが近いと解る

差し出した手に気付かれない

ひらくドアにご注意の絵が怖すぎる

何の模様か突然わかった

ライトアップされてる民家が見えたら右折

置いてきた傘を店員が走って持ってくる

どう見ても店員にしか見えないのに違った

欠伸が他人に移る

第六感の鈍いこと鈍いこと

知らない人が飴をくれると言う

鴉に鳥を喰われたという電話

変な雑誌しか残っていない待合室

テレビでは水戸黄門再放送

言ってることは正しいが寝癖

寝ているのを知ってて話しかける

誰かが噛んでたガムが今靴の裏にある

お釣で買ったらしき物で遊んでいる

一応褒めるが保身のために少しけなす

棄てる程では無いが使いたくないバスタオル

カップルが喧嘩している横で切符精算

細い犬が来た最初から細いらしい

水が止まらなくて怖い

オイスターソースが手つかず台所

髪をねじる少年の靴が汚い

合法だが非道

見える物を大きな声で言う

一緒に運ぼうと誘われた

駅ビルでエレクトーン演奏会を少し見ていた

今の時間タトゥの店員がレジだ

どうやってふざけてたか思い出せない

まさかジープで来るとは

目配せの意図は解らないが頷く
大盛りという嫌がらせもある
先代から知ってそうな客に負い目を感じる
号外は貰えなかった

風で自分の傘だけ裏返る

足がつりかけるが見事回避

あの人は濡れてるベンチに座ればいい

金太郎の服の後ろ側がどうなっているか図に描いた

間違えて押した階で降りる
やはりラーメンを喰う前に耳にかけた
誰も隣に座ってくれない
分不相応なほど良い詩集は押入れの奥へ

人混みの中テンガロンハットだけ頭ひとつ

常連客と楽しそうなので入れない

店員じゃないがテーブルをそっと拭く

使っていない部屋に日が差している

この綺麗な花を自分が買っても良いのか
自動センサーが反応し過ぎる夜だ
猫婆あと呼ばれても仕方無いほど飼っている
永遠に来ないパスを待つ

これなんだっけそうだコーデュロイだ

咽飴5秒で粉々

達筆すぎて読めない

友達のお父さんがいるので騒げなくなった

罠だと気付いているが掛かる

音楽の教師がスタッカートのまま怒ってきた

ここからでは縄に繋いであるか見えない

この値段でこれならカレーで良かった

一寸法師の話は覚えてない別ので良いか

爪切り持ってたりしないか

肌は白くマスクも白い

白いラインを塗りなおしている道路

裏声でレリピーレリピーとはしゃいでいる

店長がいないから活き活きしている

思い入れの強過ぎる店名がある

便所の内装だけ極端に弱い

すべては布団の中で考える

ゆっくりと目が覚める。寝息が聞こえる。規則的な息遣い。それがどうやら自分のものだと気づき、自分はこのような寝息なのだとまどろみの中で思う。

次に自分の顔が笑っていることに気づく。面白い夢を見ていた気がする。目覚めた時点で夢の内容などほとんど覚えていない。夢を忘れる早さは尋常ではない。断片的にいくつかのシーンを覚えてはいるが、笑うほど面白いとは思えない。肝心な部分は忘れてしまった。睡眠と覚醒という二つの状態を股に掛けた笑いは、今となってはもう二度と思い出せない。

夢と言えば、先日私は柏餅の夢を見た。夢を忘れる早さが尋常ではない私ではあるが、柏餅がメインの夢を見る機会などそうあるものでもないので強烈な印象として残っているのだ。ちなみに私は夢のメカニズムについては無知だ。なぜ柏餅の夢を見たのかはわからない。何か願望を表しているのか、深層心理に何かあるのか。性欲と密接な関係があるのか。

「柏餅と性欲……？」

まどろみの中で私はしばし考える。柏餅と性欲は無関係とも言えるし、柏餅の色や形や素材が何かを暗喩しているようにも思える。いずれにせよ、あまり口外するものでもない。私は柏餅の夢を見たことは誰にも言っていない。第一、そんなことを言えば柏餅が好きだと思われる。柏餅が好きすぎて夢を見たと思われてしまう。私はそこまで柏餅好きではなく、かといって嫌いというわけでもない。食べ物が柏餅しかないのなら喜んで柏餅を食べる。好きの度合いはそのレベルだろう。

柏餅の夢についてあれこれと考えるうちに、はっきりと目が覚めた。厚いカーテンが窓の外の様子を見せてくれないので、今日は晴れているのか曇っているのかそれとも雨なのか、はたまたもっとんでもないことになっているのかまったくわからない。一応、耳を澄ましてみる。雨音が聞こえないので雨ではないようだ。よって今日の天気は雨以外だ。もっと詳しく知りたくなったなら枕元の携帯電話で誰かに電話して訊《き》くとしよう。

枕元と言えば、眼鏡もそこにあるはずだ。私は目が悪いので眼鏡がなければはっきりと見えない。横たわったまま見る景色は全体的にぼやけている。確か身体の上の掛け布団は昨晩寝る時には二枚あったはずだが、いまはかろうじて一枚残っているだけだ。もう一枚はどこへ行っただろう。眼鏡がないので行方はわからない。横向きに置いたはずの枕はいつの間にか縦になっている。眼鏡がなくとも目の前の枕が縦か横かはさすがにわかる。何はともあれ眼鏡を取ろうと手を伸ばした時、手が痺れていることに気づく。変な体勢で寝ていたのか。横になったまま手を伸ばし軽く振る。痺れが

保健所よりの御達しに依り
貸タオル
クシ
致しません
主人敬白

とれた手を頭の後ろへと伸ばし眼鏡を手探りで探す。毎回決まったところに置かないものだから起床する度にこうして探すことになる。しかしいくら探ってもそれらしき感触は皆無。捜索範囲を広げてみると枕の下にあった。寝相は良い方ではないので眼鏡の上に寝返ってしまい壊してしまう可能性もあったのかとひやりとする。眼鏡を手に取り、かける。瞬時に景色がはっきりする。天井の模様が見える。壁に貼ってあるポスターが剥がれかかっていることにも気づく。天井の隅にはクモの巣か埃《ほこり》か何かそういうものがあるのもわかる。行方不明だったもう一枚の掛け布団の所在も確認できた。

睡眠中水分が失われていたのか喉の渇きを感じていた。確か飲みかけのペットボトルに入ったお茶があったはずだとベッドの下へと手を伸ばす。寝る前に飲んで、そのまま置いておいた。取れそうで取れない位置にあったため身体を捩《ね》じるように横に向け手が届く範囲を広げ、ペットボトルを取った。身体を元に戻し、仰向《あおむ》けになってペットボトルを胸と胸の間の気管辺りに載せた。片手でペットボトルを固定しながらもう片方の手でキャップを外した。寝たままの体勢で首を曲げ、支えるものがないものだから小刻みに震える顔だけをあげ、ペットボトルを傾けて口に近付けた。私は布団から出ずに、寝たままの体勢でペットボトルのお茶を飲み始めた。ところが傾けたペットボトルからは中身が予想以上に流れ出してきて、まず顔を濡らし、あっと言う間に枕と布団へと流れ落ちた。これは大変だと、キャップを閉め、ペットボトルをベッドの下へ投げ捨てるように置いた。ペットボトルはベッドの下に落ちていた掛け布団がクッションとなり受け止めた。

顔をパジャマ代わりのTシャツで拭いた。お茶をこぼした部分に顔が当たると冷たかったので枕を遠ざけた。枕があった辺りを中心に敷布団も濡れていた。

私は身体をベッドの端の方へと移動させ、濡れてない場所を確保し、乾くのを待つことにした。乾くまでの間、今日は何か約束があったかどうかを考えた。あったようななかったような気がする。あったらあったで困るので言い訳を考えておかなければ。それとは別に今日中にしなければいけない仕事はあっただろうか？　こちらは確実にあった。こちらも言い訳を考えなければ。必要な言い訳は計二つ。ただし例えば言い訳を「風邪」にするなら、共通して使えるためにひとつだけで良い。とりあえずこのまま布団で考えよう。

濡れてない場所を選んで寝ているために、目の前は壁だった。壁を見ているうちに不意に昨晩はしゃいだことを思い出して大声を出しそうになり、壁を叩きたくなるのをなんとか堪え、目を閉じ眠ることにした。起きた頃には布団も乾いているだろう。

空き地に蛇口だけ

絶え間なく自転車のベルを鳴らしている

絡まったイヤホンを直してたら到着

前に来た時からジグソーパズルが進んでない

回送バスが飛ばしていた
全て破り棄てろ期限切れだ
駄目な例で名前を挙げられている
何でも良いよ寿司で良いよ寿司が良いよ

ジャッキー・チェンじゃないと否定できずに話は進む

本格的過ぎだろう先に言ってくれないと

いつもならテレビを観ている頃なのに

霜柱さえ踏めれば良い

下駄の癖に静かに歩こうとしている

何を驚いている盗人扱いされれば誰でも怒る

今帰ると同じ電車になるから待つ

確実に唾が溜まっている笛の音だ

一度電源を切ってみろ

持ってる地図帳にはソ連

道路の落書きを一応踏まない

ホースが蛇口から抜けていた

この水は、飲めません
飲用不適

怒りに任せて壁を蹴ったのだが痛い
さては洋書は飾りだな
茶を呑んだ本題に入る気だ
七日でこんなに効果が出るなら買おうかしら

ゲシュタルト崩壊して笑う
紫外線九九パーセントカットだという
ズボンの裾が早くも濡れている
今から虹を作ると理系の親戚

豚丼ダイエットって知ってるか

覚えてるかと聞かれているがどうする

孔雀を見て思い付いたギャグらしい

設定が複雑な居酒屋で化物に説明されている

一か所に集められた桜の花びらはゴミ

変な声でティッシュをくばっている

デパートで怒られている児今日二人目

起きるとサッカーは終わっていた

名前が付いていても良さそうな岩がある

新品の便覧開いて臭って離すと正岡子規

知らない人がハミングで近付いて来る

いざという時役に立つのかこの消火器は

子供のような手で荷造りしている

墓石だろうがなんだろうが鳥はそこで休む

診察室から子供の泣き声自分は次

おもしろくないので帰ります

外の匂いがするジャンパーを脱ぐ

袴着用の女の先生がいた卒業式

「私からは一言だけ」の来賓が称賛されている

筒の蓋を抜く卒業の音

あなたのためにあるような柄
残りのご飯はパセリで食べるしかない
楽しいというのだから楽しいのだろう
笑わない方が良いと言われている

信用できない柵にもたれた罰

お互い蚊に食われた箇所を掻きながら別れ話をしている

寄附した金額が提灯に晒されている盆踊り

補欠の靴下なのに座敷

直立不動で始発を待つ人

松葉杖で現れた

この混雑では杖があってもなくても同じ

小学一年生はもう放課後

何年も前のアパート断水の御知らせ

火災訓練で友達になったという追想

真夜中に開けた冷蔵庫の音を聴く

故で知る

床が抜けるから一人で暮らすんだ

やっぱり雨漏りだぞ

居候先の外装工事が始まった

オムツの段ボールで寝ている

焦るから数を数えるのは止せ殴るぞ
剃ったのに剃れと言われている
いつものとこに耳掻きが無い
何の絵かは後で決める

誰かが洗濯機を回し始めたようだ

朝食でも昼食でも夕食でも夜食でもないところが自由だ

犬が空を見てるように見えるが真偽はわからない

山羊が少しいるだけだ

同い年がニュースで死んでいる

もはや取りたい人形が無い

便座を拭いている段階でノックされている

大黒柱の父が怯えたら終わり

故郷の夜が極端に暗い

紐をいちいちほどいて脱ぐそれを待つ

自分のテーブルだけグラグラする

こいのぼりの多い農家だ

マットを洗濯する日

焦げた玉葱の輪をサンチュの裏へ隠す

寄り道が勝る

立ちこぎする男のサドルが無い

便
くすり

偶《ぐう》像《ぞう》に頼《たよ》るな
聖書

花火消えて笑い声だけ聞こえている

体育館の横で、「お前に飽きた」と友達から宣告された。

中学二年の梅雨の頃であった。

僕は生まれて初めて自分の存在意義が確定したものではないのだと気付かされた。

それから僕は、その友達を楽しますことに青春を費やしたと言っても過言ではない。

彼は弁当にコーラを持って来て先生に怒られたり、真面目な生徒の学生鞄を勝手に教科書が入らないほど細めて不良仕様にしたりと、やりたい放題でクラスの中でも一際異彩を放っていた。当時の彼を一言で表すならばイカれたパンクロッカーだ。

そんな彼と僕は何故か変に気が合い長い時間を共に過ごした。

僕に、太宰治の『人間失格』を薦めたのは彼で、「お前は眼鏡かけたらジョン・レノンに似てる」と言ったのも彼で、彼に「お前は眼鏡かけたら駄菓子屋に売ってる鼻と眼鏡のパーティグッズに似てる」と言ったのは僕だ。

はたから見ると真逆の印象がある僕と彼が仲良くしているのは凄く不思議で、だが誰の目から見ても僕等は親友であるらしかった。

彼と一緒に『河童』という映画を観に行った。妖怪が異常に好きな僕は物語に入り込み過ぎてエンドロールが流れる中、感涙した。そんな僕を見て彼は、「コイツ泣いとる！　きっつ〜！」と周りをはばかることなく笑った。

ある日、学年で人気の女子と僕が話していると彼が僕に近付き、「はっきり言ってお前が喋れるレベルの女ちゃうで」と言った。

その一方で告白してもいない女子に僕がフラれた時は、「今やから言うけど、お前あんな奴を好きやなんて女の趣味おかしいで」と残酷な方法で慰めてくれた。フラれて傷ついている上に、審美眼まで否定され更に傷つけられた。それでも「友達って良いもんやな」と普通のことを思えたのは僕が阿呆だったからか。

ある日、僕はノートに書き溜めたネタを彼に見せた。すると彼が担任の田中先生に頼んでくれて僕等はクラスメートの前で漫才をやらせて貰えることになった。昼休みに初めてネタ合わせというものをして緊張しながらクラスメートの前で披露したら、皆笑ってくれて、ちゃんと世界が変わった。

夏に彼を含む仲の良い男子何人かで花火をした。皆の金を預かり花火を買いに行く係に任命された僕は、線香花火を大量に買い過ぎて皆から怒られた。だが僕は皆に怒られたことよりも彼が笑っているかばかりを気にしていた。

その夏は暇さえあれば彼と残った線香花火に火をつけた。それに飽きた彼が線香花火を束ねて一気に火をつけた。どんなことになるのかと期待したが大きな火の玉が重量に耐え切れず直ぐに落ちて辺りは暗闇に包まれた。何が面白かったのか彼はずっと笑っていた。意味は解らないが釣られて僕も笑っているうちに夏が終わった。

僕と彼は別々の高校に進んだ。彼に「お前のコート貸して」と言われたので貸した。しばらくして僕もコートが必要になりコートを返して欲しいと言うと、「ほなオレは学校に何着て行くねん！」とマジギレされた。彼は前代未聞の自己中野郎だったのだ。

高校卒業後、僕達は共にNSC東京という吉本の養成所に入った。

「永遠に続くものほど、退屈なものはない」をモットーに僕達のコンビ名は、「線香花火」という十代らしからぬ名前になった。

数年後、みのもんたさんの番組の前説に行った。楽屋のモニター前に置かれた一脚のイスを囲みプロデューサーやスタッフなど沢山の大人達が打ち合わせをしていた。何故かみのさんも立っていた。まさか？　と思い、明らかにみのさんのために用意されたはずのイスを見ると、彼がおもいっきり座っていた。

彼はスケールがでか過ぎた。

僕達は音楽性の違いにより解散することとなった。演歌とパンクの融合は非常に難しいのだ。

僕は新しいコンビを結成した。解散後は一切連絡を取っていなかったのだが、二〜三年が過ぎた頃、彼が行方不明になったので捜して欲しいと連絡を受けた。

僕は彼の家に行き大家に鍵を借りて中に入った。携帯の充電器などを残したまま彼だけがいなかった。どこかで死んでいるのだろうか？　半透明のゴミ袋の中に「もち」と表記されたカップラーメンの空き容器《カップ》が大量にあった。キッチンにも大量にあった。コイツ「もち」ラーメンに無茶苦茶ハマってるやん、と思うと笑ってしまった。彼の消息を辿る手掛かりは見つからなかった。しかしＴＶの下から僕は一本のビデオを見つけた。それは中学時代に僕達が一緒に観た、あの映画だった。泣いた僕を馬鹿にしていたけど彼も結構気に入っていたのかもしれない。時の流れを感じ思わず感傷的な気分に襲われた。僕はそのビデオを手に取りパッケージを開けると、中から洋モノのアダルトビデオが出て来た。笑った。最後まで僕が彼に飽きることはなかった。

青春は取り返しがつかないほど恰好悪かったりするが、それだけではない。

太極拳をしている欧米人がこっちを見ている

有刺鉄線の向こうに興味が無い

おばさんの下着が透けている空を見上げる

自分の物真似で盛り上がられている

嫌いな人の影も長くなる夕方

正岡子規記念球場

咲かなければ散らない咲くな

こんな夜に叱られたものだ

比較対象が戦時下の若者だとは

あの家だけ起きてる

ハイキックを見せてくる

飛び越えられるかどうかぎりぎりの川幅

この辺にキンモクセイが無いとおかしい

痛いと言えるほど親しくない

又吉直樹

夢にさえ出なくなった

車にはねられる自信がある

私はきっといつか車にはねられる。

最近自信がついてきたことと言えば、そんな奇妙なことしかない。仕事に自信がついた等の年齢に見合うものならば良いだろうに。他のことには別段自信はない。あるのはやはり「車にはねられる」自信だけだ。

昔は車にはねられる自分など想像できなかった。言うまでもなくそこに根拠はない。ただ自信があった。その頃は「自分は絶対に車にははねられない」という自信だったのだ。言わば飛行機に乗るといつも最悪の事態を考えてしまいつつも、自分だけは助かることになっている想像。あるいは船に乗ってそれが沈んでしまっても気づくとどこかの島に流され助かっている空想。そこに住んでいる綺麗な娘さんが世話をしてくれる夢想。なぜか自分だけは大丈夫だという思い。それに似たまるで張りぼてのような自信を持っていた。

時は流れ、車にはねられない自信はいつしか真逆のものになった。いつ車にはねられてもおかしくない自信に変わっていた。特に道路を横断する時、その自信は顕著だった。

車道を横断する前には左右を確認しなければいけない。これは子供の頃に教えられることであり、誰もが知っていることで、実践すべきことである。同じような教えで

「横断歩道は手を上げて渡りましょう」もある。こちらは左右確認ほど実践されることはない。無論、手を上げることにより自分を目立たせ、ドライバーに注意を喚起する動作なのだからやるべきことなのだが、思春期を迎える頃には誰もが手を上げなくなってしまう。これは実践しなくとも左右確認ほど死に関わる動作でなく、手を上げて渡っているとなんだか張り切っていると見られてしまうことが原因のひとつだと考えられる。

私も手は上げないまでも左右確認はしっかりと行っていた。行うのだが、年とともに反射神経が明らかに鈍ってきているのだろう、「車との距離がこれくらいあるから渡れる」「手前の車線の車が通過したら渡れる」などの判断を下すのが間違いなく遅くなってきた。余裕で渡れると判断しても実際には際どかったり、その逆だったりすることが増えてきた。左右確認が役に立たなくなっているのだ。そういったことが続くと、「なんかもういいや！」と投げやりになってしまうことがある。覚悟を決めて一か八か渡ろうと試みようともする。やがて「こんなことをしてたらはねられるんだろうな」と思うようになったのである。それは「だろうな」という予測から「絶対に」となり、自信となったのだ。もちろん、実際にはねられてしまった場合、自分以外の人に多大な迷惑がかかるために十分気をつけている。左右確認もする。

それでも反射神経の衰えだけはどうすることもできない。例えば正面から車が迫って来ている場合、すぐ避けることがなくなった。まるで猫のように静止した状態で車を見てしまうのだ。否、まるで子猫のように静止した状態で車を見てしまうのだ。これもまた車にはねられる自信につながっている。ちなみに、なぜ先ほど猫を子猫に言いなおしたかと言うと、私自身を比喩する言葉であるので、猫より子猫の方がかわいくて良いだろうという分不相応な思いからである。

はねられると言えば、小学生の頃を思い出す。

弟と二人でレコードを買いに行った時のことだ。季節は冬になったばかりにも拘《かか》わらず、田舎の道路は雪で覆われていた。ちょっと前まで踏みしめていた柏の落ち葉は白い雪の下となり、葉を落とした落葉樹が灰色を添えていた。当時住んでいた家から一番近いレコード店までは距離にして三キロメートルあり、子供の足で三十分以上はかかった。雪の上を歩いたので、もう少し時間がかかった気もするし、少しでも傾斜があれば滑り台のように滑って行ったのでもしかしたら早く着いたかもしれない。今となってはわからない。

お目当てのレコードは細川たかしの『北酒場』であった。その年大ヒットした曲であった。幼い弟が欲しがるほどだったのだから、相当なヒット曲だったのだ。テレビやラジオでこれでもかと流れていた記憶がある。

今では懐かしいシングル盤のレコードを買って、二人で雪を踏みしめながら歩いた。途中近道をしようと大通りから細い道へと入った。弟は『北酒場』のレコードがよほど嬉しかったようで大事そうに持っていた。生まれて初めて買ったレコードだったわけだからそれは無理もない。

やがて弟は我慢できなくなったのか、レコード店の袋から中身を取り出した。シングル盤は紙製の内袋にレコードが入っていて、それと紙一枚のジャケットがビニールの外袋の中に入っていた。弟は外袋からジャケットの紙を抜き出し、裏に書かれていた歌詞カードを歩きながら読み始めた。『北酒場』の歌詞に夢中になっている弟の少し前を私は歩いた。

しばらくして車のクラクションとブレーキ音が聞こえてきた。私は振り返った。後ろには車が停止していて、弟がその前に立っていた。どうやら『北酒場』に夢中になり過ぎて車と衝突したらしい。後に本人から聞いた話によると、衝突と言ってもほんの軽く触れた程度だったようだ。運転席の人の慌て具合とは対照的に弟はきょとんとしていた。私はすぐに弟の側に近寄った。弟に大丈夫かどうか訊ねた。弟は大丈夫と頷《うなず》いた。運転手が車から降りようとドアを開けたのが見えたので、すぐに二人で逃げた。運転手に怒られるのではないかと思ったのである。

今思い返してみると、運転手に怒られるわけはない。むしろ丁重に扱われただろう。逃げる必要などなかったのだ。しかし私と弟は逃げた。

車が追いかけて来られぬよう、私と弟は車が入って来られない雪が積もった畑を横断するように逃げた。まだ踏み固められていない道なき道を懸命に走り抜けて逃げた。雪に足をとられ何度か転倒し、家に着く頃には膝から下は雪だらけになっていた。玄関で靴を脱ぐと長靴の隙間を雪が埋めていた。転倒した証《あかし》として毛糸の帽子にも小さな雪玉がいくつもついていた。ただならぬ様相に何事かと母親が訊いてきた。私と弟はごまかした。

なにはともあれ、『北酒場』のレコードは無事だった。

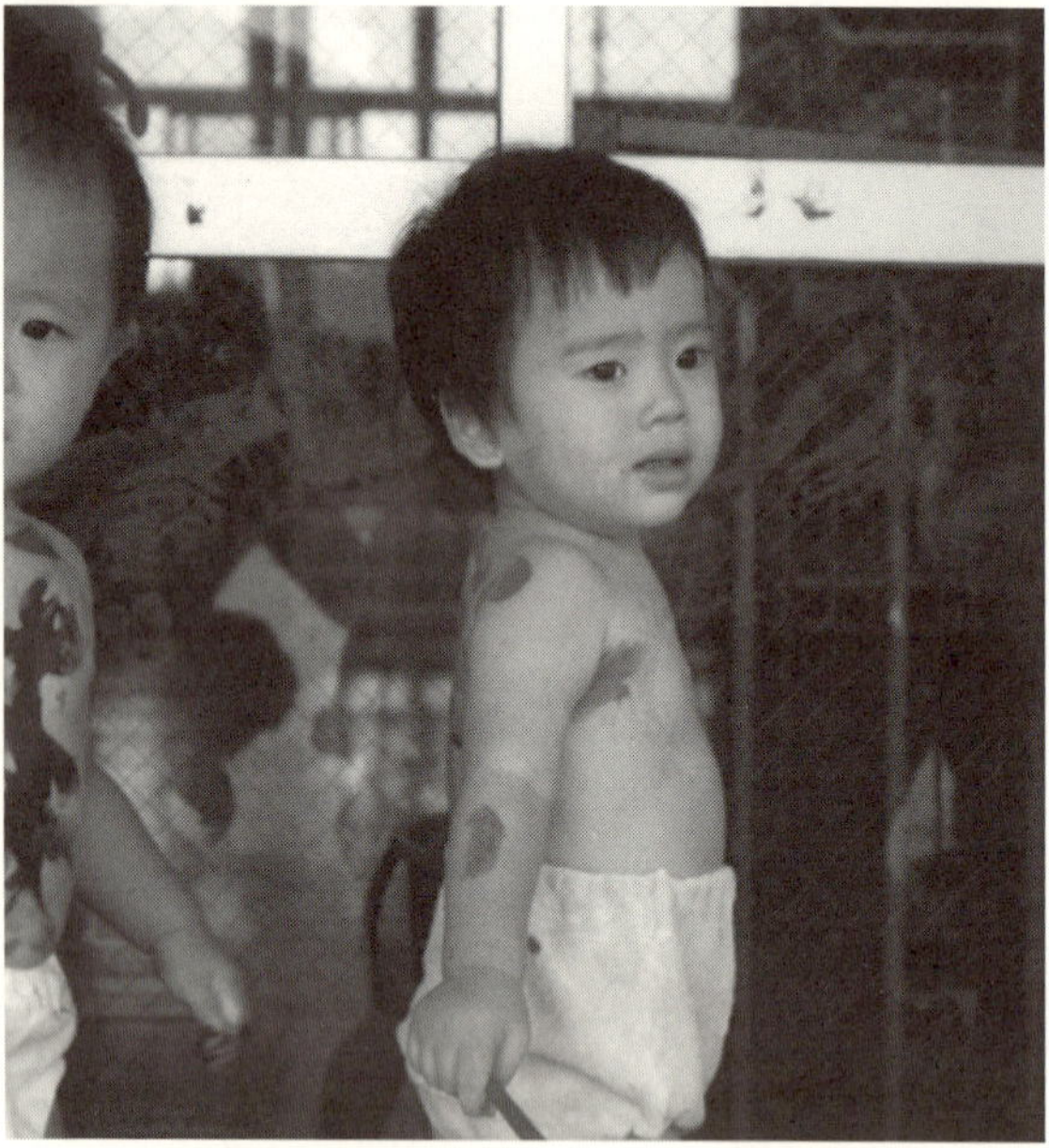

又吉直樹

下巻しかない

干してあるズボンが小さい

解説

妄想する楽しさと不安定な詩の魅力

俵万智

本書が単行本として出版されたとき、帯文を書かせてもらった。

「ストーリーはないのに、物語がある。いつまでも舐めていたい飴のような言葉たち。一粒一粒を、心のなかで溶かしながら、広がる風景を味わいたい。」

読者によって、心に広がる風景はそれぞれ違う。のっけから恐縮だが、試しに私が、最初の一粒を舐めてみよう。

老いた父が固い蓋を開ける（せきしろ）

年末。俵家のリビング。久しぶりに帰省した弟が、父と一緒にこたつに入っている。外は雪なので外出する気にもなれないのか、弟はゲーム、父は囲碁の専門誌を読んでいる。母と私は、おせちの準備に忙しい。栗きんとんのために栗の甘露煮の瓶詰を、母が出してきた。お歳暮で届いたものだ。「あの人は昔から気がきく」といったことを言いながら開けようとするのだが、寒さのためか、うまくいかない。続いて私が試みるのだが、まったく歯が立たない。すると急に母がぷりぷりして「お父さん、ちょっと、そんなとこで呑気《のんき》にしてないで、少しは手伝ってよ」と高い声を出す。びくっとした父は、あわてて雑誌を横に置き、台所へやってくる。甘露煮の瓶を受け取った手を見て、ずいぶん年取ったなあと私は思う。「うっ」とうめくような声を出して、蓋《ふた》を開けようとする父。奮闘する父。必死のぱっち（大阪方言）の父。そして「オレがやろうかー」と、ヤル気なさそうに弟が言ったとき、ぱかっと見事に蓋が開く。大黒柱の尊厳が、なんとか保たれた瞬間だ。「ほれ」と、ことさら誇らしさを見せまいとする父から、あたりまえのように瓶を受け取る母。お礼どころか「立ったついでに、玄関の掃除でもしてよねー」なんてことを言う……。

た、たのしい！　一行の詩から触発されて、さまざまな記憶を蘇《よみがえ》らせたり、勝手な想像をふくらませたり、自分だけの妄想にふけること。それが、この自由律俳句集を読む醍醐味《だいごみ》のひとつだろう。なまじなお仕着せの物語よりも、よほどいい。だって、それは世界にたったひとつの、自分だけの、オーダーメードの物語なのだから。

作者による散文の部分は、これだけの背景があって、この一行が生まれたんだよという謎解きとして読んでもじゅうぶんに楽しい。が、さらに、この一行から出発してこれだけの世界を広げられるんだよという見本ととらえてもいいだろう。

せきしろさん、又吉さんに共通しているのは、居心地の悪さや、間の悪さ、世界から微妙にズレたものへの共感、そしてそれらに向けられた繊細で敏感なまなざしだろう。また、誰もが「あるある」と膝《ひざ》を打ち、くすっと笑ってしまうような共感詩としての一面も、見逃せない。

いっぽう、お二人の色合いの違いは、せきしろさんには、プラス「とほほ」な味わいが、又吉さんには、プラス「シュール」な味わいがあるところだろうか。

「借りた鉛筆が薄い」こっちが、とほほで、「買うと伝えても店員が喋る」こっちが、シュール。あくまで私の感じかたではあるが、鉛筆のほうは、貸してくれた相手が近くにいるものだから、それを使わざるを得ない状況が、とほほ。「2B」とか言わなかった自分へのとほほもある。店員のほうは、喋りがうるさくてとほほなのではなく、この人は売るために喋っていたのではなかったのかという根本的な疑問が生じたところから、じゃあなんなんだという妙な違和感が出てくる。日常の風景が、すきまからゆがむような感覚がシュールだ。

おりおりに狭まれたユニークで滋味《じみ》深い写真も、お二人の手によるものと聞いた。目のつけどころや、世界の切り取りかたが、やはり俳句に共通するものがある。

ところで、俳句とはいっても、お二人が作るのは「自由律」。つまり五七五のリズムにこだわらないし、季語もほとんど入っていない作品である。ふだん五七五七七という定型をきっちり守って短歌を作っている身としては気になるところ。このことについて少し考えてみよう。

「自由律ってことは、カタチが自由ってことでしょ？　いいじゃん、ラクだし、堅苦しくないし」と多くの人は思うかもしれない。が、ここだけの話（というほどのことでもないが）形は決まっていたほうが、だんぜんラクなのである。たとえば「ゲームは一日一時間ね」と言われれば、その一時間を思いきり楽しめばいい。が「あなたの心にしたがって、一日に必要かつ十分と思われる時間だけ楽しんだら、ゲームを終えなさい」と言われたらどうだろう。ラッキー！　と思って、ひたすらダラダラやりまくる人は、自由なだけで自分を律してはいない。

そばに小学生の息子がいたので、幼稚なたとえになってしまったが、要するに、ただの「自由」ではなく「自由」でありつつそこに「律」がないとダメなのだ。一句一句、必要にして十分な言葉の分量を決めていくのは、なかなかしんどいことだと思われる。また、私も俳句に挑戦したことがあるので、そこそこわかるのだが、「季語」というものはダテではないし、あなどれない。それでもあえて、自由律という道を選んでおられることの意味を、たとえば次のような例に見出してみた。

痩せた子猫に逃げられる（せきしろ）

リズムは、七音五音である。つまりこれに季語を含む上五音をつければ、カタチの整った俳句になる。

春寒し痩せた子猫に逃げられる

「春寒し」は、立春は過ぎたが、いまだ冬の気配が残るころをいう季語だ。できあがった俳句、悪くない。痩せた子猫というのが、うすら寒い感じだし、さらにその子猫にすら逃げられるというのが、いっそうのわびしさを醸し出して、いかにも「春寒し」だ。

では、この俳句と、もとの自由律俳句との違いは何だろう。安定感というか、おさまりのよさという意味では、俳句のほうに軍配があがる。しかし、作者がオリジナルで出してきた「痩せた子猫に逃げられる」が、ほぼ季語に奉仕させられているように見えないだろうか。季語によって、この部分の味わいが増幅してはいるものの、結局は季語を支えるフレーズとしてからめ捕られてしまっている。そう、季語というのは、かように恐ろしいものなのだ。

自由律のほうは、まことに不安定だが、それこそが魅力だ。おさまりのよさに安住しないことで生まれる揺らぎ。そこには、読者が参加する余地が生まれる。自分が参加して支えたくなる。また、痩せた子猫に逃げられた一人の人間のありようそのものに、スポットが当たる。この世で、もっとも愛を必要としていそうな存在からも、さらりと拒否されてしまった自分。その肩すかし感は、どっしりした定型では、表現しきれない類のものではないだろうか。

もう一例あげてみよう。

急行が徐行している（又吉）

これは、五音七音のリズム。季語をふくむ下五音をつけて、俳句に仕立てることが可能だ。

急行が徐行している春の宵

春の、日が落ちてまもない時刻が「春の宵」だ。おだやかで、たおやかなイメージがある。急行という名前に反して、おやおや徐行しているじゃないか……暮らしの中の小さな発見が、のんびりした春の宵らしさを、いっそう盛り上げてくれる。またしても悪くない俳句ができてしまった。

が、こちらも先ほどの例と同様、主役はあくまで「春の宵」。なんなら、春の宵が、力づくで急行を徐行させているくらいの勢いで、一句を支配している。

春の宵という存在感と説得力のある季語の出現と、落ち着いたリズム。それによって、せっかくの「急行なのに、徐行！」という不思議さや違和感、言葉遊びの側面(「行」の字の繰り返しによる韻やダジャレのような面白さ)が、ことごとく薄まってしまった。おさまりのよさが、理不尽さを、悪い意味でカバーしているのである。

思えば、はじめに指摘した、お二人に共通する居心地の悪さや間の悪さ、世界から微妙にズレたものへの共感などなどは、有季定型とは、いかにも相性が悪い。それらを表現するために求められるのは、最大公約数的な感覚の集大成（＝季語）や安定した文体（＝定型）では、ないはずだ。

そんなわけで選ばれた自由律という茨《いばら》の道。一句ごとに文体を決め、リズムを生まなければならない。大変だろうなあと思いつつ、自分でリズムを作る楽しさが伝わってくるのは、こんな例だ。

カステラをフォークで切る刺す（せきしろ）
数段飛ばしで迫って来る来た（又吉）

「切る刺す」「来る来た」は、ほぼ同じリズムで、しゅたたたたっと勢いをつけて読める、というか読まされる。四音の不安定さを生かし、さらにそれを二音二音の動詞に分けることによる効果だ。ちなみに「カステラ」「数段」も、ともに四音だが、こちらはまったく通常の速さでしか迫ってこない。

読めばわかることを、説明しようとすると、ずいぶんくどくどしてしまう。この解説自体が、そういう存在であることに気づきつつ、最後にもう一言。世界最小の詩型といわれる俳句だが、自由律はときにその四分の一以下でも成立してしまう。この力技には、ほれぼれする。

故で知る（又吉）

ニュースや同窓会誌などで「故○○さん」とあったときの驚き。その人を好きだったり親しかったりした場合の取り返しのつかない感じ。この四音で私は、小一時間物思いにふけることができた。

（歌人）

二〇一四年、春。

家と家の間でキックボードが錆びている

警備員が分けた飯を猫は食わなかった

味の名店街を一応覗く

旅先でイヤホンが片耳しか聴こえない

古い花屋の湿った床

オリエンタルの動物園用
固型飼料
サル用
ZAS
NET 10kg
オリエンタル酵母工業株式会社

すごくはやく走れるようになれますように

これはセール品ではなかった

前の住人が付けたフックを使う

摘まみの取れた簞笥の中にある

昨夜の雨を耐えた黒い雪

消音の通販番組にだけ照らされている

風で揺れるシャッターの音に慣れている

壊れて初めて説明書を読む

お互い何をしている人か知らない

餅が焼けるまで待ちきれない

突然電気が消えて誰かが謝った

わけあって痰を手に持っている

おばけの絵を見られた

不安になるほど鰻が遅い

昔流行ったドラマから名付けたスナック

車椅子を押す人が立ち話をしている

どこが火事なのか窓から確かめる

コピーの順番を待たれている

鹿威しの音はスピーカーから流れていた
もう鮫ですらない
結露した窓の中にいる
お遍路さんがリュックを背負っていた

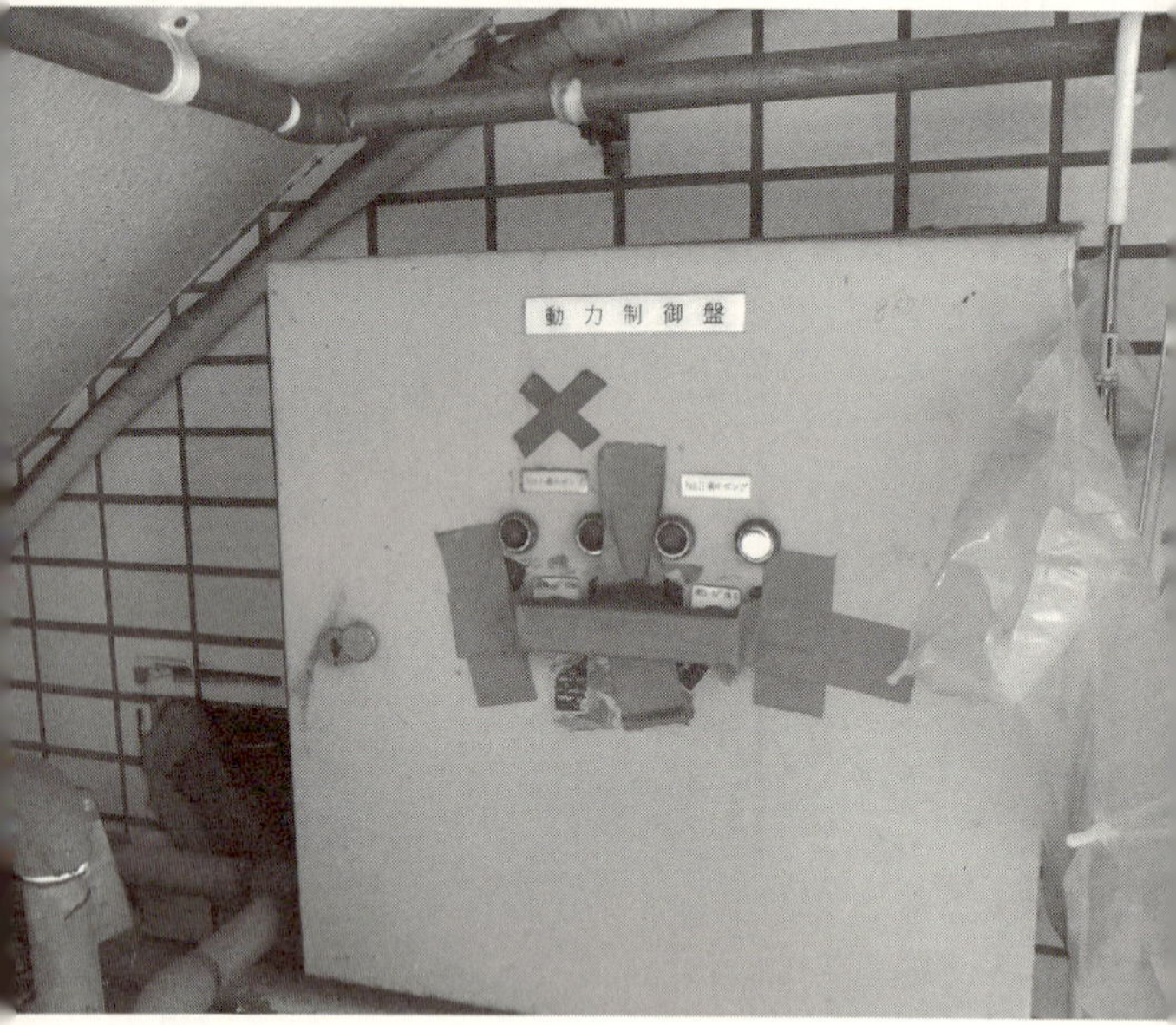
動力制御盤

テーブルの伝票が濡れている

草をむしる中学生の面倒臭がりぶり

古いデニムを使った小物がメインだ

おそらく死んでいる蝶

誰も見てないから雪に踵を落とした

リモコンは炬燵の中にあった

馬券を買う時の鉛筆を貸してくれた

人見知りが軟骨を馬鹿みたいに喰う

ずっとベルを鳴らす自転車が近づいて来た

自転車に乗っていて、最も困るのは前方に人がいて追い抜けない時である。例えば道幅いっぱいに広がって話しながら歩く人々がいた時。こういった場合でも平気でベルを鳴らす人がいるが、私はそれができない。ベルを鳴らせば、音を聞いた者は反応し振り返る。この時、一斉に注目されることになる。それが途轍《とてつ》もなく恥ずかしい。また、「うるさいな」と思われるのも怖い。自分が歩行者の立場なら、絶対に不快に思う。

よって私はベルを鳴らさない、というか、鳴らせない。ならば、鳴らさずに回避する方法を考えなければならない。

狭い道に三人が横に広がって歩いているとする。まずやるべきことは後ろに自転車がいることを察知してもらう努力だ。そのためには「自転車らしい音」が必要となる。ペダルを逆回転させすぐに止めて音を立てる方法もあるし、整備不足でブレーキ音が鳴る場合はそれを利用すれば良い。背後に自転車がいることに気づいた通行人は道を開けてくれるだろう。あとは軽くお辞儀をして追い抜かせば良い。ただし「自然に生じた音」を意識して出さなければいけない。故意に音をたててアピールしてきたと思われると、ベルを鳴らすのと何ら変わらなくなってしまう。

次に考えられるのは「隙を窺う」方法だ。自転車が通る隙間がないならば、物理的に追い抜くことは不可能である。しかし相手が無機質な壁ではなく人間である以上、隙は必ず出現するものである。三人が全員同じ歩幅でかつ同じ速度であるわけはなく、横一線に並んでいたはずがいつしか凹凸ができ始めるのだ。そう、これが隙である。あるいは、三人のうちの誰かの靴紐がほどけてしまった、なんて時もあるだろう。これはかなり大きな隙ができる。こうして生じた隙間を見逃すことなく、そこに自転車を滑り込ませれば、ベルを鳴らさずとも前へと進むことができるのだ。

三つ目として遠回りをする方法がある。前方に進めない場合は横の路地に入って迂《う》回《かい》する。地理に明るい場所である場合は、思いきってこの方法を選択してしまうのが得策かもしれない。ただし気をつけなければならないこともある。迂回する際歩道へ乗り上げるなどの段差がある場合、「ガタッ」という音で振り返られる場合がある。注目されることもさることながら、「もしかしてこの人、僕らが邪魔だから迂回しようとしているのでは？」と気を遣われてしまえば本末転倒。これは避けたいところだ。そのため私は迂回する場合は、そっと自転車を降りてそっと段差をやり過ごすことすらあるのだ。

このように私はベルを鳴らさぬよう、細心の注意を払いながら自転車に乗っていた。ある日のことだ。時間は夕刻。私は自転車に乗っていた。道には下校中の高校生が

バンジー
ジャンプ
会場

増えてきていた。生徒たちはそれぞれの放課後を謳歌《おうか》していた。放課後などもう二度とない私は、この空気の中にいると羨望と後悔で命が削られてしまう。早急にこの群れから離脱しなければならない。私はペダルを踏み込み、脱出を試みたものの、高校生達は道幅いっぱいに広がり前方を塞ぐように歩いていた。

さてどうしたものか。高校生の歩き方は談笑しつつダラダラしたものだったために、それぞれのスピードがバラバラだった。「これはすぐに隙間が生まれるな」と私は予測し、チャンスを窺《うかが》いながらスピードを落とすことにした。

自転車にはもちろんベルが付いている。ベルはレバー部分を親指でしっかりと動かさなくても、軽く弾くだけで音が鳴るタイプのものだった。これがハンドル左の握る部分側にめいっぱい取り付けられていたために、ちょっとしたことで左手が触れ、意に反して鳴らしてしまうことがたまにあった。

高校生にゆっくりと近付き、さらにスピードを緩めようとブレーキをかけ、ハンドルを左右にこまめに切りながらバランスを取ろうとした時だった。左手の親指がベルに触れてしまった。鳴らす気などさらさらなかったベルが鳴ってしまった。高い金属音が茜色《あかねいろ》の空に鳴り響いた。

一斉に振り向く高校生達。慌てて私も振り向き、後方の人が鳴らしたような状況を作り上げようとするも、後ろには自転車はいない。失敗だ。

即座に次の行動に移る。私はベルを確かめるように様々な角度から見始め、「あれ、おかしいな。故障かな」みたいな表情をした。自ら進んで鳴らしたわけではなく、ベルが勝手に鳴ってしまったように振る舞った。

ところがそれら一連の行動には何の効果もなかった。高校生達は無言で道をあけたのだ。きっと私を面倒な奴だと思っているに違いない。「わざわざベルを鳴らすなよ」という怒りさえ伝わってくる。私は慌ててペダルを踏み込み、高校生の間を抜け、不快感の中をかきわけるように力みながらペダルを回し続けた。

私はベルを鳴らしたくないのに鳴らしてしまった。あれほど細心の注意を払いながら生きてきたというのに！

ベルの音がまだ耳の中で鳴っている気がする。その音を消したくて逃げるように速度を上げた。すると耳元で風の音がした。しかし風の向こうでベルの音がまだ聞こえる気がした。

自分のアパートに着いてすぐ、私はドライバーを探した。恥を生みだしたベルを外してしまおうと考えたのだ。玄関の下駄箱を探し、机の引き出しを探した。ドライバーのセットがあったはずだったのだが、使ったらすぐに片づけない性格のために、どこにあるのかわからなかった。やっと見つけたのはメガネ用の細いドライバーとマイナスドライバーだけだった。私はマイナスドライバーを手にして再び自転車のところへと戻った。

ベルを見るとネジはプラスであった。これをマイナスドライバーで回さなければならない。

もしもマイナスのネジに対して私が持っているのがプラスドライバーであったならば、完全にお手上げ状態である。しかしプラスのネジにマイナスドライバーはそうではない。この組み合わせには一筋の光明がある。プラスの形はマイナスが垂直に交差して形成されているものであるのだから、どちらかの溝にマイナスドライバーを差し込むこともでき、回すことは不可能ではない。マイナスドライバーはプラスドライバーを兼ねるのだ。

日が落ち、暗くなったアパートの前で、さっそくマイナスドライバーを使いネジを回し始めた。手元をぼんやりと外灯が照らしていた。ネジは思っていたよりも固く締められていた。私はドライバーの先を溝に差し込み直し、より力強く回そうとした。それでもネジは回らず、ドライバーが溝から外れ、その拍子に溝が広がってしまった。再びドライバーを差し込むと、ぐらついて不安定になった。

そこでネジを押すように縦方向の力も加えながら回してみた。しかしドライバーはまた外れ、溝はより広がった。それ以後ドライバーを差し込んでもすぐに外れて空回りするだけになった。外れたドライバーはその都度ベルに当たり、「チーン」と忌むべき音が鳴った。夕方の記憶が蘇《よみがえ》る。声をあげたくなる。また「チーン」と鳴る。ドライバーの扱いが雑になる。苛《いら》立ち始めた自分に気づき、私は一度深呼吸をした。落ち着いた私はベル外しを再開した。このベルさえなければ恥ずかしい思いをしなくて済む。諦めるわけにはいかない。幸い、プラスのネジには溝が二つある。まだ手つかずのまっさらな溝がある。そちらを使えば良い。

力を入れて回すと、数分前と同じ光景が広がった。またしてもドライバーは空回りし、溝は見事に抉《えぐ》れて広がった。もうプラスの形は存在せず、歪《ゆが》みすぎた穴だけが残っていた。こうなってしまうとプラスドライバーでさえも回すのは難しい。やはりプラスのネジにはプラスのドライバーが必要だったのだ。

何も上手《うま》くいかない。私はやけになり無理矢理回そうとした。やはりネジはびくともせず、ネジから外れたドライバーがベルに当たり、「チーン」と間抜けで神経を逆なでする金属音を何度もたてた。その音は私の頭の中で反響し、もはや苛立ちは抑えきれなくなった。頭部のどこからか汗が流れてきて、地面に落ちた。足元は暗く、汗が地面の色を変えたかどうかはわからなかった。

いつしか私はドライバーでベルを突くように叩き始めていた。苛立ちをぶつけるように何度も何度もドライバーを振り下ろした。ドライバーはベルに突き刺さることはなく、弾かれ、ベルの塗装を剝《は》がしていった。ベルを外れたドライバーの先端はハンドルを傷つけ始めた。暗闇の中、甲高い音が連続した。

後ろから声が聞こえた。振り返ると、老婆がいた。アパートの大家だった。暗闇で自転車を叩き続ける私を不審に思い、様子を見にきたようだった。

私のベルを突いていた手はまだ惰性で動いていて、そのまま振り返ったために大家を刺しそうになった。

危なかった。

人間がいて夕焼け

奄美諸島にある加計呂麻《かけろま》島という島で母は生まれ育った。島の名の由来は諸説あるが、「影の島」から来ているという説もあるらしい。だとしたら、僕のルーツには相応《ふさわ》しい名前だ。

僕が幼い頃から、母はこの加計呂麻島の話を色々と聞かせてくれた。この島は日本の古い言葉や文化が残る珍しい島で、時折学者の研究対象になることもあるらしい。

島のほとんどは山で、海岸沿いのわずかな平地を頼りに小さな集落が点在している。島民達は漁業と農業で生計を立てている。母はその中の勢里《せり》という集落に住んでいた。島は湾曲しているから学校は勢里の砂浜からも見えてはいるのだが、海を歩くことは出来ないので、毎日山道を四十分かけて通学したそうだ。

夜になるとハブが怖いので皆で歌を唄《うた》いながら帰り、引き潮の時は砂浜を歩いて帰るのだが、一ヵ所だけどうしても通れない岩場があり、そこだけは山道を行かなければならなかった。だが、一度嘘のように潮がひいて、学校から自分の集落まで真っ直ぐに歩いて帰れたことがあったらしい。夕焼けに照らされながら海を歩いている風景を想像すると、とても幻想的だ。

母が僕に話してくれた故郷の話で印象的だったのは、親戚のおじさんの葬式があった時のもの。みんなが母屋で葬儀をしている最中に、幼かった母は庭に出て遊んでいたらしい。帰った時に、「誰と遊んでいたの？」と聞かれたので、一緒に遊んでくれていた親戚の名前を言うと、「今日は、そのおじさんのお葬式だよ」と言われたそうだ。僕はその話を怖いとは思わなかった。優しい、おじさんだなと思った。この話を母は覚えていないと言う。怪談めいたものを大人が話すことを恥ずかしく思っているのだろう。

母から話を聞く内に、加計呂麻島に対する興味が募り高校三年の時に母と加計呂麻島を訪れた。島には母の親戚が沢山住んでいる。その時は、母の叔父の家に泊めて貰った。

春から新しい環境に身を置くことが不安で極度の緊張状態にあったのか、その後の東京での生活に疲弊してしまったのか、加計呂麻島の想い出は薄れていった。

数年前に祖父母と共に母が加計呂麻島を訪れた時に、親戚が沢山集まって歓迎してくれたらしい。若い学生さんもいて、一緒に話しているとお笑いが趣味だと言う。母が何気なく「うちの息子も東京の吉本で芸人やってるのよ」と言うと、「えー！　誰？誰？」と興奮し激しい剣幕で聞かれたらしい。

母の旧姓は「永田」で、祖母の旧姓は「西」なので、島では母が又吉という名で呼ばれることはなく、大概は下の名か旧姓で呼ばれる。母が、その学生達に「ピースの又吉」と答えると、学生達はすごく残念そうに「又吉かぁ」と肩を落としていたらしい。自分が自分であることを申し訳なく思った。

僕が母と加計呂麻島を訪れて十五年以上が過ぎた。僕はもう一度加計呂麻島に行きたくなった。自分の親や祖父母や先祖がどのように暮らしていたのかを知りたかったのだ。

東京では厚手のコートを羽織っても震えてしまうほど寒い一月の半ばに、加計呂麻島に行った。島は日中なら半袖で充分なほど暖かかった。人口千四百人の島に商店はなく、バスの運転手が新聞配達も兼ねる。どこに行っても美しい海が見える。十代の頃は、どことなく恐ろしかった大きなガジュマルも優しく迎えてくれた。この島の人達は自然との距離が近い。

この島にはケンムンという妖怪がいる。特徴を聞くと髪の毛が長く、身体《からだ》が赤く、ほかは河童《かっぱ》に似た妖怪で、ガジュマルの木に棲息しているらしい。ケンムンは世界のどの妖怪と比べても類を見ないほど目撃率が高い。七十代以上の島民は全員見ているのではないか？　と思えるほど、ケンムンを見たという話は後を断たない。進駐軍の

マッカーサーがガジュマルを切ろうとした時に、島民から「ガジュマルを切るとケンムンの祟りがありますよ」という手紙が届いたという話さえある。
島の老人達からケンムンについて、色々な話を聞くことができた。「ケンムンは元々は人間と同じような場所で暮らしていたが、戦争の時に森に入り、里に降りて来なくなった。そして、戦争が終わってしばらくしてケンムンが里に降りて来た時には、蛍光灯が導入されていて、それを恐れて、また森に入って行った」という話や、「子供の頃に海で貝を沢山取り、背中のカゴに入れて帰ったら、カゴの中の貝が全て石に変えられていた。ケンムンのいたずらだ」と話してくれた方もいた。後は、「普通に

かなりの至近距離で見たけど、気持ち悪かったよ」という方もいた。僕の眼を真っ直ぐに見つめたまま、ケンムンの鳴き真似をしてくれる老人さえいた。

砂浜の端と端がケンムンが頻出する場所だったので、子供の頃は近寄らないようにしていたらしい。文化と自然の間にケンムンは棲息するのかもしれない。自然を尊ぶ島民達にとって、自然への畏怖がケンムンを具現化したのだろう。

彼等と連れ立って砂浜を歩いた。老人達は「これはケンムンの足跡に似てるけど鳥だね。こっちは本物のケンムンの足跡だよ」と実際にケンムンが存在していることを前提として話して来るので、僕も完全にケンムンの存在を受け入れてしまった。砂浜にポツンとある、ケンムン岩を紹介して貰った。彼等は子供の頃にケンムンを恐れていた自分達を笑いながら、「ここにケンムンが座ってたんだよ」と余裕の態度で僕に話してくれるのだが、誰もケンムン岩を触ろうとする者はいなかった。まだケンムンを恐れているのだろう。

その中の一人が僕にケンムン岩に座ることを勧めてきた。僕は何度も「大丈夫なんですか？」と確認を取った。集落や島といった共同体で信じられている呪いは、その土地においては効力があると僕は思っているからだ。

老人達が、「大丈夫だ」と言うので、僕は勇気を出してケンムン岩の上で三角座りをした。老人達は一斉に笑い「東京のケンムンだ」などと僕を囃し立てたが、その中の一人が僕に近寄り、「その座り方はケンムン座りと言ってね、古代では死者を弔う時の座り方だから止めた方が良いよ……」と突然脅してきたりもした。

帰り際に、「今回はすぐに帰るの？　今度来る時、古仁屋《こにや》に住んでる魔女を紹介するよ」と言われた。もはや、昔話の世界である。その魔女は、ガジュマルの木にいるケンムンと毎晩話しているらしい。愉快な人達だった。

その夜、布団に入ると、近くの森から一晩中ケンムンの鳴き声が聴こえていた。

今回の旅で僕は初めて母方の曾祖父、曾祖母の話を聞いた。曾祖父は三味線の名人で祝い事があると必ず呼ばれて唄ったらしい。親戚の一人が曾祖父が三味線の弾き語りをしているテープを持っていて、それを皆で聴いた。奄美の島唄は沖縄と比べて、支配されていた時代が長かったためか感情を抑制した哀歌が多い。しかし、曾祖父の唄は赤児《あかご》が泣き叫ぶような独特の唄い方だった。

曾祖母は、いわゆるユタだったらしい。不思議な力で予言もすれば、病気も治す。親戚達も、苦難があると曾祖母が夢に出て来て助言してくれると言っていた。島中から曾祖母に相談する人達が集まったらしい。親戚の一人が、僕の母から聞いた話をしてくれた。母は、「子供の頃に、弟が転んでケガをしたから、お祖母ちゃんのところに連れて行ったら手をかざして一瞬で治してくれた」と言っていたらしい。この話も恐らく僕が聞くと「覚えていない」と母は言うのだろう。

母は子供の頃、勢里の砂浜に座り、夕焼けを眺めるのが好きだったらしい。僕の異常とも思える夕焼け好きは母の遺伝なのかもしれない。その砂浜に座り、夕焼けを眺めていたら妙に満たされた。夕焼けは平等に無差別に全てのものを照らしてくれる。自分はこれまで一体何が欲しかったのだろう。

その夜、親戚の家で僕を歓迎する宴を開いてくれた。親戚達は、みんな僕と同じ曾祖父と曾祖母をルーツに持つ。

親戚の一人が三味線を弾くと、赤児が泣きだした。三味線を止めると泣き止む。鳴らすと泣く。旋律に合わせて唄っているのだ。その唄い方は曾祖父とよく似ていた。しばらく、みんなで赤児の唄を聞きながらお酒を呑んだ。

あのカーネルサンダースにはトンボがよくとまる

「三択の女王？」と訊き返される

単二電池を久々に買う

なんとまだシャワーが冷たい

近所から歓声が聴こえ慌ててテレビをつけた

本編前の予告で寝た

キャンピングカーにしては小さい

駄菓子屋で呼んでも誰も出て来ない

写真の中の居間はもうない

特徴ある店員にも慣れた

小さい子もユニフォームを着ている

あの後もう一回アンコールがあったらしい

イントロが静か過ぎてコンポの故障かと思った
右利きが左で投げた
殻を破ろうと露出して踊っている
地面に描ける石だよ

ガチャガチャが出てこなかったと言いに行く

引っ越したはずの人を近所で見た

なにも乗ってない台車を押している

太宰治
思い出
広場

朝書いた遺書を夕方に捨てた

自転車の鍵の落し物がずっとある

又吉直樹

隣の灯りで読んでいる

墓場を慎重に歩く

喪の家の玄関に寿司桶がある

猫の餌の缶の中に昨日の雨

今のところ蜂はカーテンの中にいる

あとがき　せきしろ

昭和五十年代の前半だったと思う。

父親が買った新しい車にはカーステレオが付いていて、それまではラジオばかりだったのに、どこかへ行く時は音楽が流れるようになった。いつもフォークグループ「かぐや姫」のカセットテープが入っていて、A面が終わればB面にして、B面が終わればまたA面にして、目的地に着くまでずっと流れていた。

カセットテープはもうひとつあって、ラベルには『テレビアニメ大行進』というようなタイトルが書いてあった。たまにそれをかけてもらったが、テレビで流れているのとは歌っている人が違うという代物で、曲のアレンジも違っていた。子どもにとってそこは特に気にするところではなかったものの、時折曲中に入るキャラクターの声までもがまったく別物であり、徐々に聴かなくなった。当時はカセットテープに限らずこの手の商品が多く、本物と偽物を見分ける力を自然と鍛えられたものだった。

やがて子どもながらに聴くと頭に情景が浮かび上がる「かぐや姫」の方が好きにな

った。中でも『神田川』という曲を好きになり、何度も繰り返し聴いた。しかしどうしてもわからないことがあった。それは「優しさが怖かった」という詞だった。

優しさの何が怖いのかわからなかった。優しさは嬉しいものではないか、自分は優しくされて嫌な気持ちになったことなどない、それなのになぜ怖いんだろう、と必死に考えた。結局答えは出ず、運転席の父親に「なぜ優しさが怖いの？」と訊いた。すると父親は「大人になるとわかる」と答えた。

今思えば、あれが初めて「言葉」や「表現」というものを意識し考えた時だった気がする。それからはまったく考えなくなってしまったが、前作『カキフライが無いなら来なかった』、そしてこの『まさかジープで来るとは』ではあの頃のように真剣に向き合った。ひとりだったら途中で投げ出してゲームでもやっていただろうが、又吉君がいたので最後まで真面目にできた。読んで頂いた皆さんの声にも助けられた。

次に向き合うのはいつになるのか。

ところで、怒って殴ってくる人は怖いが、優しい微笑《ほほえ》みを浮かべながら殴ってくる人はもっと怖い。あの時の謎は解けた。

あとがき　又吉直樹

先日、街で番組の収録があった。相方と握手をした幼い女の子が嬉々とした表情を浮かべていた。母親が僕を気遣い、「又吉さんとは？」と娘に言うと、女の子の表情が一気に曇り、僕に向かって指を一本だけ差し出した。僕はその指を壊さぬよう、申し訳ない気持ちで握った。妙な既視感があった。これが僕と世間との関わり方だ。これを肝に銘じようと思った。

新幹線で締切りの過ぎた原稿を書いている内に眠ってしまった。車両が静かに停車する感覚があり「品川だ」と飛び降りたら、まだ新横浜だった。しかし、これは神様が僕に与えてくれた好機かもしれない。熱海まで戻り、文豪みたいに温泉宿で文章を書いてみようと思い立った。すぐに熱海の宿に電話をかけた。「空いてないですね」と十軒以上断られた。連絡通路に立ったまま東京に戻った。期待してはいけない。これを肝に銘じようと思った。

温泉宿で執筆という魅惑的な思い付きを忘れられなかった。夕方に仕事を終えた日に熱海に向かった。熱海駅から宿に電話をかけ、数軒目で空いている部屋を見つけた。最初は一人旅の悦に入り、海岸沿いを機嫌良く歩いていたが、不安になるほど宿は遠かった。宿に客はほとんどおらず、露天風呂も貸切状態だったが、風で葉が揺れる音が徐々に怖くなってきた。部屋に戻っても、恐怖感を拭いきれず冷蔵庫の酒を呑むと、普段より酔いが早く、そのまま眠ってしまった。一文字も書けなかった。自分はただの阿呆である。これを肝に銘じようと思った。

せきしろさんは、いつも面白いことを考え、実行している。自分は変なものを背負い過ぎて平衡感覚を失うと、必ずせきしろさんに頼る。せきしろさんは一切ぶれない。せきしろさんの作品は不必要なものに踊らされてはいけないと教えてくれているようだ。これを肝に銘じようと思った。

この本を手に取って下さった皆様に心から感謝したい。

本文デザイン　小野英作
写　真　せきしろ
又吉直樹
編　集　辛島いづみ（ドゥ・ザ・モンキー）
大島加奈子（幻冬舎）

この作品は二〇一〇年十二月小社より刊行されたものに加筆修正しました。

まさかジープで来《く》るとは

せきしろ　又《また》吉《よし》直《なお》樹《き》

平成26年4月10日　初版発行

発行人――石原正康
編集人――永島賞二
発行所――株式会社幻冬舎
〒151-0051東京都渋谷区千駄ヶ谷4-9-7
電話　03(5411)6222(営業)
　　　03(5411)6211(編集)
　　振替00120-8-767643
印刷・製本―株式会社 光邦
装丁者――高橋雅之

検印廃止
万一、落丁乱丁のある場合は送料小社負担で
お取替致します。小社宛にお送り下さい。
本書の一部あるいは全部を無断で複写複製することは、
法律で認められた場合を除き、著作権の侵害となります。
定価はカバーに表示してあります。
Printed in Japan © Sekishiro, Naoki Matayoshi 2014

幻冬舎文庫

ISBN978-4-344-42182-0　C0195　せ-5-2

幻冬舎ホームページアドレス　http://www.gentosha.co.jp/
この本に関するご意見・ご感想をメールでお寄せいただく場合は、
comment@gentosha.co.jpまで。